I0727932

SCÉALTA

GAEILGE/BÉARLA

Irish short stories with English translations

by Dymphna Lonergan

ISBN 978-1-7638310-3-2

Copyright © Dymphna Lonergan 2025

All rights reserved. Other than for the purposes and subject to the conditions prescribed under the Copyright Act, no part of this publication may be reproduced, stored in a retrieval system, or transmitted in any form or by any means, electronic, mechanical, photocopying, recording or otherwise, without the prior permission of the publisher.

This edition first published in Hackham SA
December 2025 by immortalise
www.immortalise.com.au

Internal and cover art by Sean George Lonergan
Typesetting and cover layout by Ben Morton

Check out Dymphna's other books *As Gaeilge*, and *Scéalta Eile* also published by Immortalise.

SCÉALTA

GAEILGE/BÉARLA

Irish short stories with English translations

by Dymphna Lonergan

Contents

To my Irish and Australian families:
thanks for the memories and the stories

A Yellow Light

Monday

'Yes, I've got the time, Dad, get on with the story. You were driving...'

'That's it. On Saturday morning I was driving to the petrol station to buy the newspapers as usual, as you know.'

'Yes, I know, Dad. As is usual for you. I'll make the tea. Sit down.'

'Okay. Well... on the way, I noticed that there was a yellow light on the dashboard. I've never seen anything like that before. I've been driving this car since 2015 when I bought it from you when you were going to Canada. Do you remember?'

'Yes, Dad. Go ahead.'

'Well... As you know, I don't drive too far. Even when I was working, the work was only a ten-minute drive from me. So I wasn't too worried about the yellow light.'

'What yellow light?'

'On the dash.'

'On the desk? You're driving! Here's the tea, with milk, without sugar.'

'The dash, like the English word.'

'Oh, I understand now, the dashboard, in the car.' Go ahead, then.'

'Well... When I came home, I couldn't read the newspapers until I found out where the yellow light was coming from.'

'Don't tell me, Dad. Mr Google! Your friend!'

Solas Buí

An Luain

'Sea, tá an t-am agam, a Dhaid, lean ar aghaidh leis an scéal. Bhí tú ag tiomáint…'

'Sin é. Maidin Dé Sathairn bhí mé ag tiomáint go dtí an stáisiúin peitril chun na nuachtáin a cheannach mar is gnáth dom, mar is eol duit.'

'Sea, tá a fhios agam, a Dhaid. Mar is gnáth duit. Déanfaidh mise an tae. Suigh síos.'

'Ceart go leor. Bhuel…ar an tslí, thug mé faoi deara go raibh solas rabhaidh bhuí ar an deais. Ní fhaca mé a leithéid sin roimh ré. Táim ag tiomáint an carr seo ó 2015 nuair a cheannach mé uait é agus tú ag dul go Ceanada. An cuimhin leat?'

'Sea, a Dhaid. Lean ar aghaidh.'

'Bhuel…mar is eol duit, ní thiomáinim rófhada. Fiú nuair a bhí mé ag obair, ní raibh an obair ach tiomáint deich nóiméad uaim. Mar sin, ní raibh mé róbhuartha faoin solas buí.'

'Cén solas buí?'

'Ar an deaisc.'

'Ar an deasc? Tá tú ag tiomáint! Seo duit anois an tae, le bainne, gan siúcra.'

'An deaisc, cosúil leis an bhfocal Béarla.'

'Ó, tuigim anois, an clár deaisc, sa charr.' Lean ar aghaidh, mar sin.'

'Bhuel…nuair a tháinig mé abhaile, ní raibh mé in ann na nuachtáin a léamh sula bhfuair mé amach cad as a raibh an solas buí ag teacht.'

'Ná habair é, a Dhaid. An t-uasal Google! Do chara!'

'That's exactly it.'

'And what did you find out? Here's a few biscuits. Go ahead.'

'Well... Mr Google said two things. Go straight to the garage, and the other one, don't worry about it.'

'But, don't tell me, Dad. You chose the second one.'

'Well... Yes, kind of. I've been driving for over fifty years. I check the water and oil, and put air in the tyres if it is needed.'

'But now, Dad, if you've got a flat tyre, you'd call the RAA. Isn't that right?'

'Yes, yes, indeed. I'm too old to repair a flat tyre now.'

'I'm glad to hear that, Dad. But back to the story.'

'Well… I checked the oil and although there was oil visible between the two marks, it looked very thin. But since I had a bottle of oil in the boot, I put more oil in the engine.'

'I can't do that. I get my car serviced every six months. But you look worried, Dad. Why are you worried?'

'Well... That oil bottle had a 2014 date, and I'm not sure if it's okay still.'

That evening.

'Dad, here's a new bottle of oil I bought on the way home.'

'Thank you. I've arranged a car service for Tuesday at four o'clock. I won't put more oil in the engine until then.'

'Sin é go díreach é.'

'Agus cad a fuair tú amach? Seo duit anois cúpla briosca. Lean ar aghaidh.'

'Bhuel…dúirt an t-uasal Google dhá rud. Téigh díreach go dtí an garáiste, agus an ceann eile, ná bí buartha faoi.'

'Ach, ná hinis dom, a Dhaid. Roghnaigh tú an dara ceann.'

'Bhuel…sea, cineál. Táim ag tiomáint le breis is caoga bliain. Seiceálaim an t-uisce agus an ola, agus cuirim aer sna boinn má tá gá leis.'

'Ach anois, a Dhaid, má tá bonn pollta agat, chuirfeá glaoch ar an RAA. Nach é sin ceart?'

'Sea, sea, go deimhin. Táim róshean chun bonn pollta a dheisiú anois.'

'Is breá liom é sin a chloisteáil, a Dhaid. Ach ar ais go dtí an scéal.'

'Bhuel. Sheiceáil mé an ola agus cé go raibh ola le feiceáil idir an dá mharc, bhí cuma an-tanaí uirthi. Ach, ós rud é go raibh buidéal ola sa bhúit agam, chuir mé breis ola san inneall.'

'Ní féidir liomsa é sin a dhéanamh. Faighim seirbhís ar mo charrsa gach sé mhí. Ach feicim cuma buartha ort, a Dhaid. Cén fáth go bhfuil tú buartha?'

'Bhuel…bhí dáta 2014 ar an mbuidéal ola sin, agus níl mé cinnte an bhfuil sé ceart go leor go fóill.'

An tráthnóna sin.

'A Dhaid, seo buidéal ola nua a cheannaigh mé ar an tslí abhaile.'

'Go raibh maith agat. Tá seirbhís chairr socraithe agam don Mháirt ar a ceathair a chlog. Ní chuirfidh mé breis ola san inneall go dtí sin.'

'But you don't know, Dad, if you'll need something during the day. Anyway, I'd like to see how oil is put into a car. Will you teach me?'

Thursday

'Dad, did the mechanic arrive?'

'He came.'

'And?'

'He said everything was okay. However, he said there was so much oil, he had to drain a lot of it.'

'Ach níl a fhios agat, a Dhaid, an mbeidh rud uait i rith an lae. Ar aon nós, ba mhaith liom féachaint conas a chuirtear ola isteach i gcarr. An múinfidh mé?'

Déardaoin

'A Dhaid, ar tháinig an meicneoir?'

'Tháinig.'

'Agus?'

'Dúirt sé go raibh gach rud ceart go leor. Ach, dúirt sé go raibh an méid sin ola ann gur b'éigean dó roinnt mhaith de a dhraenáil.'

A Spider's Work

'Any news, Dad?'

'Devil a wan, only going down through rabbit holes as I usually do with Google.'

'Yes you love that, Dad, and isn't it nice that you have the time now. What did you find out today?'

'I found out this morning that I don't know about a spider's work.'

'They make webs on the ceiling and they frighten us. Is there anything else to find out?'

'What do they do when we don't see them, though? When are they hiding in strange places?'

'That's a question you already know the answer to, I think, Dad. Here's the tea and a few biscuits. I have the time today to hear the story of the spider.'

'Well, today I noticed that there was a lot of dust collected on the modem. I got a cleaning cloth, and I was carefully removing the dust when a little spider ran out from the bottom of the modem. I nearly killed it.'

'I'd do that, Dad. I hate them, big or small. And is that the end of the story?'

'No. Because it quickly ran back under the modem and stayed there.'

'And?'

'It reminded me of Pangur Bán and the monk.'

'Don't tell me. I remember that poem. It was written years ago.'

'In the ninth century to be exact.'

'Yes. Roundabout then. A poem about a monk and a cat. I love

Saothar Damháin Alla

'Cén scéal, a Dhaid?'

'Diabhal a scéal ach amháin ag dul síos tríd poill coinín mar is gnách liom le Google.'

'Sea is breá leat é sin, a Dhaid, agus nach deas an rud é go bhfuil an t-am agat anois. Cad a fuair tú amach inniu?'

'Fuair mé amach ar maidin nach bhfuil eolas agam faoi shaothar an damhán alla.'

'Déanann siad líonta ar an tsíleáil agus cuireann siad eagla orainn. An bhfuil aon rud eile le fáil amach?'

'Cad a dhéanann siad nuair nach bhfeicimid iad, ach?'Nuair atá siad i bhfolach in áiteanna aisteacha?'

'Sin ceist a bhfuil an freagra agat cheana féin, sílim, a Dhaid. Seo duit anois an tae agus cúpla briosca. Tá an t-am agam inniu chun an scéal faoin damhán alla a chloisteáil.'

'Bhuel, inniu thug mé faoi deara go raibh a lán deannach bailithe ar an móideim. Fuair mé éadach glanta, agus bhí mé ag baint an deannaigh go cúramach nuair a rith damhán alla beag ó bhun an móideim. Is ar éigean nár mharaigh mé é.'

'Dhéanfainn é sin, a Dhaid. Is fuath liom iad, beag nó mór. Agus an bhfuil sé sin deireadh an scéil?'

'Níl. Mar rith sé chomh tapa sin faoin móideim arís agus d'fhan sé ann.'

'Agus?'

'Chuir sé i gcuimhne dom Pangur Bán agus an manach.'

'Ná hinis dom. Is cuimhin liom an dán sin. Scríobhadh é blianta ó shin.'

'Sa naoú haois chun a bheith cruinn.'

'Sea. Am mar sin. Dán faoi mhanach agus cat. Is breá liom

that name, Pangur Bán. Do you think there are cats in Ireland with that name?'

'I don't know about that, but I was thinking about what work that spider that lives under the modem does when I'm doing research searching on Google. Both of us going about our work like the monk and the cat in Pangur Bán.'

'But, Dad, no offence, the monk was writing a manuscript. That's important work, but Pangur Bán was just chasing a mouse and playing with it when he caught it.'

'In that poem, according to the monk, the two occupations are equal. It occurred to me this morning that I was keeping up my computer skills making sure the modem was clean. But what skills is the spider keeping up under the modem?'

'I don't know, Dad, but he's probably dead under the modem with a heart attack now after the fright he got this morning while you were cleaning. You killed him, Dad! The monk did not kill Pangur Bán. But, more importantly, that's why we have the poem. Another cup of tea?'

an t-ainm sin, Pangur Bán. Meas tú an bhfuil cait in Éirinn leis an ainm sin?'

'Níl a fhios agam faoi sin, ach bhí mé ag smaoineamh ar cén saothar atá ag an damhán alla sin a chónaíonn faoin móideim nuair atáim ag déanamh taighde ag cuardaigh ar Google. An bheirt againn ag dul faoinár gcuid oibre mar an manach agus an luch i bPangur Bán.'

'Ach, a Dhaid, i gcead duit, bhí an manach ag scríobh lámhscríbhinn. Sin saothar tábhachtach, ach ní raibh Pangur Bán ach ar thóir luch agus ag súgradh leis nuair a rug sé air.'

'Sa dán sin, dar leis an manach gur mar an gcéanna iad a dhá saothar. Rith sé liom ar maidin go raibh mise ag coimeád suas mo scileanna ríomhaire ag déanamh cinnte go raibh an móideim, glan. Ach cén scileanna atá á choimeád suas ag an damhán eile faoin móideim?'

'Níl a fhios agam, a Dhaid, Ach seans go bhfuil sé marbh faoin móideim le hionsaí croí anois tar éis na geite a bhaineadh as ar maidin agus tú ag glanadh. Mharaigh tú é, a Dhaid! Níor mharaigh an manach Pangur Bán. Ach, níos tábhachtaí fós, sin an fáth go bhfuil an dán sin againn. Cupán tae eile?'.

The Best Friend

It was the end of a busy Christmas day on the farm. The farmer was going around closing the gates, sweeping, and preparing the animals' beds with fresh straw. Then he said, 'good night, friends'. He lowered the lamps, and went into the farmhouse.

After wandering about in the barn catching up with the day's news, the animals were settling down to sleep, but the horse had one last thing to say.

'I love to hear that,' he said. 'Good night, friends.' 'But I think that I am the farmer's best friend.'

'Why do you say that?' asked the cat, getting out of her bed, her tail slowly swinging as she walked carefully between the horse's legs.

'Well,' said the horse, 'I'm the farmer's best friend because I do work ploughing the fields. He can't do that without me.'

'Is that so?' said the cat, purring and moving a little farther from the horse's feet. 'But I believe that I am the farmer's best friend because I hunt mice all day to keep them out of the corn. He does not have the time to do that.'

Out of the darkness came the pig walking carefully on her hooves, her udders swaying from side to side. 'I think that I am the farmer's best friend. I have more children than any other animal here.' She stood defiantly.

'One minute,' said the hen approaching the group, 'what about me and all the eggs I give to the farmer. They give him energy to do his job every day. They are full of vitamins: including A, B2, B6, and B12. Certainly, in terms of his health, I am the farmer's best friend.'

An Cara Is Fearr

Deireadh lá gnóthach um Nollaig a bhí ann ar an bhfeirm. Bhí an feirmeoir ag dul thart ag dúnadh na ngeataí, ag scuabadh, agus ag ullmhú leaba na n-ainmhithe le tuí úr. Ansin dúirt sé, 'oíche mhaith, a chairde'. D'ísligh sé síos na lampaí, agus chuaigh isteach sa teach feirme.

Tar éis a bheith ag bogadach thart sa scioból ag fáil nuacht an lae a chéile, bhí na hainmhithe ag socrú síos chun codlata, ach bhí rud amháin deireanach le rá ag an gcapall.

'Is breá liom é sin a chloisteáil – 'a chairde. Oíche mhaith, a chairde'. Ach sílim gur mise an cara is fearr atá ag an bhfeirmeoir.'

'Cén fáth a ndeir tú é sin,' a d'fhiafraigh an cat, ag éirí as a leaba, a heireaball á luascadh go mall aici agus í ag siúl go cúramach idir cosa an chapaill.

'Bhuel', arsa an capall, 'is mise an cara is fearr atá ag an bhfeirmeoir mar déanaim obair ag treabhadh na páirceanna. Ní féidir leis é sin a dhéanamh gan mise.'

'An mar sin é?', arsa an cat ag crónán agus ag bogadh beagán níos faide ó chosa an chapaill. ' Ach creidim gur mise an cara is fearr atá ag an bhfeirmeoir mar bím ag fiach lucha an lá ar fad chun iad a choinneáil as an arbhar. Níl an t-am aige é sin a dhéanamh'

As an dorchadas tháinig an mhuc ag siúl go cúramach ar a chrúba, a húthanna ag luascadh ó thaobh go taobh. 'Sílim gur mise an cara is fearr atá ag an bhfeirmeoir. Tá níos mó páistí agam ná atá ag aon ainmhí eile anseo.' Sheas sí an fód.

'Nóiméad amháin', arsa an chearc ag druidim leis an ngrúpa, 'céard fúmsa agus na huibheacha ar fad a thugaim don fheirmeoir. Tugann siad fuinneamh dó a chuid oibre a dhéanamh gach lá. Tá siad lán vitimíní: A, B2, B6, agus B12 san áireamh. Cinnte, is mise an cara is fearr atá ag an bhfeirmeoir ó thaobh a shláinte de.'

The animals started to murmur and to nod their heads in agreement

Suddenly the rooster landed next to the group with a screech. 'I'm the farmer's best friend. The day can't start without me. No one can stay asleep when I start in the morning!'

'Yes, we all know about that!' laughed the horse looking around the barn, noticing that the black sheep was making a bed for himself in the back corner.

'You!' he shouted. 'Do you have anything to say?'

The black sheep remained silent. He was a little afraid of the other animals because he was the only sheep left on the farm.

'Well,' said the hen impatiently, 'No offence, but we all know that there is no goodness in a black sheep, not to mention in the only sheep left on this farm. It doesn't matter what his views are. One black sheep cannot be the farmer's best friend.

'But am I not a pet for the farmer's family?' said the sheep in a quavering voice and approaching the group hesitantly.

All the animals looked at each other.

'We must admit that,' said the horse kindly, 'but that is not the same as being the farmer's best friend.' At the same time he made a space near him in the circle for the sheep.

With that, the dog ran into the barn barking in excitement.

'Here he comes', mocked the hen, 'another good animal, as if! He does nothing, I repeat, nothing at all, on the farm.'

At this time, all the animals were gathered around, murmuring and nodding their heads, including the black sheep

Thosaigh na hainmhithe ag monabhar agus ag cromadh a gcinn a chéile.

Go tobann thuirling an coileach in aice leis an ngrúpa le scread. 'Is mise an cara is fearr atá ag an bhfeirmeoir. Ní féidir an lá a thosú gan mé. Ní féidir le duine ar bith fanacht ina chodladh nuair a thosaíonn mise ar maidin!'

'Sea, tá a fhios againn go léir faoi sin!' a gháir an capall ag féachaint timpeall ar an scioból, ag tabhairt faoi deara go raibh an chaora dhubh ag déanamh leaba dó féin sa chúinne cúil.

'Tusa!', a bhéic sé. 'An bhfuil aon rud le rá agat?'

D'fhan an chaora dhubh ina thost. Bhí beagán eagla air roimh na hainmhithe eile mar gur eisean an t-aon chaora a bhí fágtha ar an bhfeirm.

'Bhuel', arsa an chearc go mífhoighneach, 'i gcead duit, ach tá a fhios againn go léir nach bhfuil aon mhaitheas i gcaora dhubh, gan trácht ar an aon chaora atá fágtha san fheirm. Is cuma faoina thuairimí. Ní féidir le caora dhubh amháin a bheith ar an gcara is fearr leis an bhfeirmeoir.

'Ach, nach peata mé do theaghlach an fheirmeora?', a dúirt an chaora le guth éiginnte agus ag druidim ar an ngrúpa go faiteach.

D'fhéach na hainmhithe go léir ar a chéile.

'Caithfidh muid é sin a admháil.' a dúirt an capall go cineálta 'Ach ní hionann sin le bheith mar an cara is fearr atá ag an bhfeirmeoir.' Ag an am céanna rinne sé spás in aice leis sa chiorcal don chaora.

Leis sin, rith an madra isteach sa scioból ag tafann ar bís.

'Is anseo a thagann sé', a dúirt an chearc go magúil, 'ainmhí maith eile, mar dhea! Ní dhéanann sé faic oibre, deirimse arís 'faic ar bith', ar an bhfeirm.'

Faoin am seo, bhí na hainmhithe go léir bailithe timpeall, ag monabhar arís agus ag sméideadh a gcinn a chéile, an chaora

The dog continued to bark excitedly, completely blind to what was happening.

'Be quiet,' said the hen, crossly flying over the dog. 'We're discussing which of us is the farmer's best friend.'

'Me!' said the dog. 'Me! Me! Me!', and he ran around in a circle in search of his tail. He grabbed hold of it, growling, and rolling around and trying to shake his own tail as if it was a soft toy.

All the animals looked at the dog with disdain.

'Eejit,' said the pig, rolling her eyes.

'a first-class eejit,' said the hen.

'Wait a minute,' said the horse. 'Let the dog speak.

Hearing that low authoritative voice, the dog stopped his antics. Following the horse's voice, he moved to the centre of the circle.

The horse lowered his neck and whispered in the dog's ear. 'Tell us why you are the farmer's best friend.'

The dog looked around at the other animals with big open eyes. 'Yes, I'm noisy, and I don't work like you do, but I think I'm the farmer's best friend because from morning to night I love him. Love, that's all I have.'

The animals looked at each other in silence, and then with heavy sighs and looking thoughtfully at the ground, they moved to their own beds one by one.

Except for the dog who ran outside the barn barking gleefully at the moon, up to the door of the farmhouse with love in his heart on this starry Christmas night.

dhubh san áireamh.

Lean an madra ag tafann go ríméadach, iomlán dall ar cad a bhí ag tarlú.

'Bí í do thost', arsa an chearc, go crosta, ag eitilt os cionn an mhadra. 'Tá muid ag plé cé acu s'againne atá an cara is fearr atá ag an bhfeirmeoir.'

'Mise!', arsa an madra. 'Mise! Mise! Mise!', agus rith sé timpeall i gciorcal ar thóir a eireaball. Rug sé air, ag drantú agus ag iompú thart agus ag iarraidh a eireaball féin a chroith ó thaobh go taobh faoi mar a bhí bréagán bog i gceist.

D'fhéach na hainmhithe go léir ar an madra le dímheas.

'Amadán', arsa an mhuc, ag amharc suas chun na bhflaitheas.

'Amadán den chéad scoth', arsa an chearc.

'Fan nóiméad', arsa an capall. 'Lig don mhadra caint'.

Leis an nguth íseal údarásach sin a chloisteáil, d'éirigh an madra as an amaidí. Ag leanúint guth an chapaill, dhruid sé go dtí lár an chiorcail.

Chlaon an capall a mhuineál, agus chuir sé cogar i gcluas an mhadra, 'Inis dúinn cén fáth gur tusa an cara is fear den fheirmeoir.'

D'fhéach an madra timpeall ar na hainmhithe eile le súile móra oscailte. 'Sea, táim glórach, agus ní oibrím mar a oibríonn sibhse, ach sílim gur mise an cara is fearr atá ag an bhfeirmeoir mar ó mhaidin go hoíche tugaim grá dó. Grá, sin a bhfuil agam.'

D'fhéach na hainmhithe ar a chéile ina dtost, agus ansin, le hosnaí troma agus ag féachaint ar an talamh go smaointeach, bhog siad go dtí a leapacha féin ceann ar cheann.

Ach amháin an madra a rith taobh amuigh den scioból ag tafann go ríméadach ar an ngealach, suas go dtí doras an tí feirme le grá ina chroí ar an oíche Nollag réaltógach seo.

Galah on a wire

Back and forth
to and fro
like an amateur gymnast
on a telegraph line.
Wings open
to the welcoming shower
proudly revealing your red feathers.

And they say you are a stupid bird.

Galah ar sreang

Siar is aniar
anonn is anall
mar ghleacaí amaitéarach
ar líne theileagraif.
Sciatháin oscailte
don chith fáilteach
ag nochtadh go bródúil do chleití dearga.

Agus deirtear gur éan amaideach thú.

Haiku

Driving Home

Clouds are making nests
behind this summery hill
like snowy mountains

Saturday

Morning, six o'clock
the day's heat already here
newspapers to read

Bungendore

Big greening trees
calmness of a fresh morning
bird calling bird

The Kiss

I wake in the night
warm feeling still on my lips
from a dream of love

Haiku

Ag tiomáint abhaile

Scamaill ag neadú
taobh thiar den chnoc samhraidh seo
mar shléibhte sneachta

An Satharn

Maidin, sé a chlog
teas na gréine cheana féin
nuachtáin le léamh

Bungendore

Crainn mhóra ghlasa
suaimhneas na maidine úire
éan ag glaoch ar éan

An phóg

Dúisím san oíche
le teas fós ar mo bheola
ó bhrionglóid ghrá

Coming out from the supermarket

I did not recognize my car
in the parking lot after the rain,
clean, and shining in the sun.
If I stay out in the rain
will I be clean?
Will anyone recognize me?
Will I recognize myself?

I saw

A bird paddling
and singing to itself in the gutter
full of water
at the side of the shed
on a summer afternoon
in South Australia

Ag teacht amach ón ollmhargadh

Níor aithin mé mo charr
sa charrchlós tar éis cith báistí,
glan, is ag lonrú sa ghrian.
Má fhanaim amuigh sa bháisteach
an mbeidh mise glan?
An athneoidh éinne mé?
An aithneoidh mé mé féin?

Chonaic mé

Éan ag lapadaíl
agus ag canadh leis féin sa gháitéar
lán d'uisce
ar thaobh na seide
tráthnóna amháin sa samhradh
san Astráil Theas

View from the window

An umbrella in my bag
just in case
but white clouds are opening now
and a clear blue sky
peeking through
mocking me
the resentful umbrella
at the bottom of my bag

Radharc ón fhuinneog

Scáth fearthainne i mo mhála
ar eagla na heagla
ach scamaill bhána ag oscailt anois
is an spéir ghlan ghorm ag féachaint
amach
ag magadh fúm
an scáth fearthainne le pus air
i dtóin mo mhála

God bless the work

I am mending the hole in my trousers
carefully, slowly,
hoping the repair will last
a long time.
Thrusting and pulling
stitch after stitch.

And you going under the knife.

God bless the work in the operating room
this afternoon.
God bless the surgeon, his expert care,
his kind hands, his sharp eyes,
until you come back safely to me
in the waiting room.

Bail ó Dhia ar an Obair

Táim ag deisiú an poll i mo bhríste
go cúramach, go mall
ag súil go leanfaidh an deisiú
tamall fada,
ag sá agus ag tarraingt
greim i ndiaidh greim

Is tú ag dul faoi scian.

Bail ó Dhia ar an obair
inniu san obrádlann siúd.
Bail ó Dhia ar an mháinlia,
ar a shainchúram leighis
ar a lámha cineálta, ar a shúile
géar,
go dtí go dtagann tú ar ais slán chugam
sa seomra feitheamh.

Drabble one

Bright Memories

Swinging on the front gate with my brother for mother to arrive home with the fruit we only saw once a year: coconuts and pomegranates. My brothers attacking the coconuts with a hammer and chisel. Me, the youngest, given the first taste of the milky juice. Transfixed by the jewelled wonder of the split red fruit but no memory of the taste.

What remains of this Samhain ritual far from my native land is this flicker of memory to be passed down to my Australian family, to retell with my first family, and shared wherever memory now lives.

Drabble a haon

Cuimhní Geala

Ag luascadh ar an ngeata tosaigh le mo dheartháir ar bís le Mamaí ag teacht abhaile le torthaí nach bhfaca muid ach i mí na Samhna: cnónna cócó agus pomegranates. Mo dheartháireacha ag ionsaí na gcnónna cócó le casúr agus siséal. Mise, an duine is óige, le cead don chéad bhlaiseadh. Faoi dhraíocht ag torthaí dearg scoilte ina dhá ag lonradh ach gan aon chuimhne ar an mblas.

Anois i bhfad ó mo thír dhúchais na cuimhní geala seo mar oidhreacht do mo theaghlach Astrálach, le hathinsint le mo chéad teaghlach, agus a roinnt cibé áit a bhfuil cuimhne anois.

Drabble two

The Awakening

'Have you seen the exhibition yet?'

She was startled by this low voice in her ear. She turned. 'I haven't.'

A finger on his lips, he pulled her hand gently.

She stood up, following him like a zombie into the empty gallery.

Her heart leaped with the colours before her. Multicoloured houses on the side of hills, beside the sea, and crooked streets.

She felt him behind her. In one moment, she recognised him. She was sure now.

Her husband was waiting for her in the foyer. He took her hot hand. 'Did you see anything you liked?'

'I did.'

Drabble a dó

An Tuiscint

'An bhfaca tú an taispeántas fós?'

Baineadh geit aisti leis an nguth íseal seo ina cluas. Chas sí. 'Ní fhaca.'

Méar ar a bheola tharraing sé a lámh go séimh.

Sheas sí suas, á leanúint mar zombaí isteach sa dánlann fholamh.

Léim a croí leis na dathanna os a comhair amach. Tithe ildathach ar thaobh cnoic, cois trá, agus sráideanna cama.

Mhothaigh sí é taobh thiar di. I nóiméad amháin, d'aithin sí é. Bhí sí cinnte anois.

Bhí a fear céile ag feitheamh léi san fhorhalla. Thóg sé a lámh the. 'An bhfaca tú aon rud a thaitin leat?

'Chonaic.'

Once
You won't fool the fox a second time

Well, this is incredible, that voice coming through the phone again. A voice I knew when I fell, like Icarus, too close to the sun, many years ago.

'And how are you?'

Working, travelling all over the country, busy, but in Dublin at the moment.'

With the phone warming my ear, I remember your grey eyes on that first day we met in a bookshop in Galway Square when we bought the same book of poetry. Mine on the counter, yours held tight to your chest as you waited behind me.

We stayed talking outside the shop and you walked me home when I missed the last bus. The next morning, I showed you my painting. 'Cute,' you said. You moved in with me and that was the end of the painting.

'Is there a reason you're calling?'

'Like I said, I'm back in Dublin at the moment.'

Seven years ago on our first anniversary, I bought you a silver torc. You gave me a box of chocolates that you bought on the way home. You regularly forgot my birthday until late in the day. I once wrote a poem about that, 'my birthday begins when I wake up in the morning…'

But I see you again in the winter. A brown woolen hat and a big long coat under which I often sheltered from the cold and sorrow.

And I see you again in the summer. Dancing on the beach

Uair amháin
Ní mhealltar an sionnach faoi dhó

Bhuel, tá sé seo dochreidte, an guth sin ag teacht tríd an bhfón arís. Guth a raibh aithne agam air nuair a thit mé, mar a thit Icarus, róghar don ghrian, blianta fada ó shin.

'Agus conas atá tú?'

Ag obair, ag taisteal ar fud na tíre, gnóthach, ach i mBaile Átha Cliath faoi láthair,'

Leis an bhfón ag téamh mo chluas, is cuimhin liom do shúile liath an chéad lá sin a bhuaileamar le chéile i siopa leabhar i gcearnóg na Gaillimhe nuair a cheannaíomar an leabhar filíochta céanna. Mo cheannsa ar an gcuntar, do cheannsa greamaithe le do bhrollach agus tú ag fanacht taobh thiar díom.

D'fhanamar ag caint taobh amuigh den siopa agus shiúil tú abhaile liom nuair a chaill mé an bus deireanach. An mhaidin ina dhiaidh sin, thaispeáin mé mo chuid phéintéireacht duit. 'Gleoite,' a dúirt tú. Bhog tú isteach liom agus ba é sin deireadh na péintéireachta.

'An bhfuil cúis ann go bhfuil tú ag glaoch?'

'Mar a dúirt mé, táim ar ais i mBaile Átha Cliath faoi láthair.'

Seacht mbliana ó shin ar ár gcéad chomóradh, cheannaigh mé torc airgid duit. Thug tú bosca seacláidí dom a cheannaigh tú ar an tslí abhaile. Rinne tú dearmad go rialta ar mo bhreithlá go dtí go déanach sa lá. Uair amháin scríobh mé dán faoi sin, 'tosaíonn mo bhreithlá nuair a dhúisím ar maidin.'

Ach feicim thú arís sa gheimhreadh. Hata olann dhonn agus cóta mór fada faoina bhfuair mé dídean go minic ón bhfuacht agus ón mbrón.

Agus feicim thú arís sa samhradh. Ag damhsa ar thrá Bóthar

at Salthill as you face the threatening tide, me hiding behind you pretending to be afraid.

And early in the morning racing against each other over the bridge to the university. Late at night debating passionately and reading love poetry.

Yes, as I remember I loved you very much at that time.

But as Shakespeare said, that happened in another country and, in addition, the wench is dead.

na Trá agus tú ag dul i ngleic leis an taoide ag bagairt orainn, mise i bhfolach taobh thiar díot ag ligean orm go raibh eagla orm.

Agus go moch ar maidin ag rásaíocht in éadan a chéile thar an droichead go dtí an ollscoil. Go déanach san oíche ag díospóireacht go paiseanta agus ag léamh filíochta ghrá.

Sea, mar is cuimhin liom bhí grá mór agam duit ag an am sin.

Ach mar a dúirt Shakespeare, tharla sin i dtír eile agus, lena chois sin, tá an wench marbh.

Fifty Years a' Growing
Change is the breath of life

After raking the leaves for a short time, she felt a sharp pain at the base of her spine. Time to relax. The sun was now high enough in the sky to illuminate the garden, but it was not high enough to heat the air. She pulled a chair out of the patio to the edge of the garden and sat down.

According to the weather forecast there would be dry days for the rest of the week. The piles of leaves would dry out and it would be easier to transport them into the bin. And it would be better for her back.

She closed her eyes taking in the fresh air and the sound of the little birds. The sound increased and she opened her eyes. The little birds were jumping from bare branch to bare branch and apparently finding something to eat there. It occurred to her that she did not know the name of those birds. Surprisingly, after fifty years in Australia she didn't know the names of the birds, let alone those in her own garden. And to tell the truth, she had no knowledge of the life of birds, other than their flying around and sometimes on the ground eating something. They ate worms, yes, but were there worms on bare tree branches?

Suddenly, she heard a louder noise coming from her righthand side, from the gutter on the side of the shed, the gutter that had been broken, and there was jasmine growing in it that was too far away from her to remove. Then she saw the small birds jumping up and down in the gutter and shaking their feathers. That gladdened her heart.

For years she had been promising to do something with the shed, feeling guilty that it had fallen into disuse, and that the gutter was not working properly. The rainwater remained in the gutter be-

Caoga Bliain ag Fás
Anáil na beatha an t-athrú

Tar éis di na duilleoga a rácáil ar feadh tamaill ghearr, mhoth-aigh sí pian ghéar ag bun a dromlach. Am chun scíth a ligean. Bhí an ghrian ard go leor sa spéir anois chun an ghairdín a shoilsiú, ach ní raibh sí ard go leor chun an t-aer a théamh. Tharraing sí cathaoir amach ón bpaitió go dtí imeall an ghairdín agus shuigh sí síos.

De réir réamhaisnéis na haimsire bheadh laethanta tirime ann don chuid eile den tseachtain. Thriomódh na carnáin duilleoga agus bheadh sé níos éasca iad a iompar isteach sa bhosca bruscair. Agus bheadh sé níos fearr don a droim.

Dhún sí a súile ag tógáil isteach an t-aer úr agus fuaim na n-éan beag. D'éirigh an fhuaim agus d'oscail sí a súile. Bhí na héin bheaga ag léim ó chraobh lom go craobh lom agus de réir deal-raimh ag fáil rud éigin le hithe ann. Rith sé léi nach raibh ainm na n-éan sin aici. Chuir sé iontas uirthi tar éis caoga bliain san Astráil nach raibh eolas aici faoi ainmneacha na n-éan, gan trácht ar siúd a bhí ina gairdín féin. Agus chun an fhírinne a rá, ní raibh aon eo-lais aici faoi shaol éin, seachas iad a bheith ag eitilt timpeall agus uaireanta ar an talamh ag ithe rud éigin. D'ith siad péisteanna, sea, ach an raibh péisteanna ar chraobhacha crainn lom?

Go tobann, chuala sí giolcaireacht níos láidre ag teacht óna deis, ón ngáitéar ar thaobh an tseid, an gáitéar a bhí briste, agus bhí seasmain ag fás ann a bhí rófhada uaithi chun í a bhaint as. Ansin chonaic sí in aice leis an tseasmain éin bheaga ag léim suas agus síos sa gháitéar agus ag croitheadh a gcuid cleití. Chuir sé sin gliondar ar a croí.

Ar feadh na mblianta bhí sí ag gealladh rud éigin a dhéanamh leis an tseid, ag mothú ciontach go raibh sé tar éis titim as úsáid, agus nach raibh an gáitéar ag obair i gceart. D'fhan an t-uisce báistí

cause there was no drainage; The drainage pipe was removed when the rainwater tank was removed when the garden was renovated.

She thought back to the garden that was there when they bought the house. A rainwater tank, the rainwater collected by the gutter on the side of the shed; a swimming pool and summer days. Family and friends. Laughter and stories around the table, wine to release the quietest tongue. Then the visit to the shed to see the latest artwork.

If she went into the shed now, what she would see were vacuum cleaners, microwave ovens, fans, heaters, and furniture that were all broken, and garden tools. There was nothing left of the studio where her husband used to paint pictures of the old back streets in Semaphore and Port Adelaide, bringing beauty out of the broken fences and paths full of weeds with bright colours, and a dark shadow through each painting when it was finished, perhaps hinting at what was to come.

After fifty years in which he enjoyed all kinds of music, from traditional Irish music to opera, now in his final year it was all about traditional American music, Burl Ives in particular. Next to his back was a six-foot poster of Hopalong Cassidy, and his horse Topper. He loved Roy Rogers and Trigger, but that Christmas when the kids were trying to get something special for Dad, only Hopalong was available.

But the shed's era as a studio was now over. In the end, this shed was his happiest place, after a 12,000-kilometre journey to Australia as a young man. His heart's desire was to return home one day, and now he was on his way to the last town.

She turned towards the house to get her phone. She would take a photo of the little birds in the garden. Tomorrow, she would know their names.

sa gháitéar toisc nach raibh aon draenáil ann; baineadh an píopa draenála nuair a baineadh an t-umar uisce báistí amach nuair a rinneadh athchóiriú ar an ngairdín.

Smaoinigh sí siar ar an ngairdín a bhí ann nuair a cheannaigh siad an teach. Umar uisce báistí, an t-uisce báistí bailithe ag an ngáitéar ar thaobh an tseid; linn snámha agus laethanta samhraidh. Clann agus cairde. Gáire agus scéalta timpeall an bhoird, fíon chun an teanga is ciúine a scaoileadh. Ansin an chuairt ar an tseid chun an saothar ealaíne is déanaí a fheiceáil.

Dá rachadh sí isteach sa tseid anois, cad a d'fheicfeadh sí ach folúsghlantóirí, oighinn micreathonn, gaothrán, téitheoirí, agus troscán a bhí go léir briste, agus uirlisí gairdín. Ní raibh faic fágtha den stiúideo ina mbíodh a fear céile ag péinteáil, pictiúir de na sean cúlsráideanna i Semaphore agus Port Adelaide, ag tabhairt áilleacht amach as na fálta briste agus na cosáin lán le fiailí le dathanna geala, agus scáth dorcha tríd gach pictiúr nuair a bhí sé críochnaithe, b'fhéidir ag tabhairt le fios cad a bhí le teacht.

Tar éis caoga bliain inar thaitin gach sórt ceoil leis, ó cheol traidisiúnta na hÉireann go ceoldrámaíocht, anois ina bhliain dheireanach ní raibh ann ach ceol traidisiúnta Mheiriceánach, Burl Ives go háirithe. In aice lena thacas bhí póstaer sé troithe de Ho-palong Cassidy, agus a chapall Topper. B'fhearr leis Roy Rogers agus Trigger, ach an Nollaig sin nuair a bhí na páistí ag iarraidh rud éigin speisialta a fháil do Dhaid, ní raibh ar fáil ach Hopalong.

Ach bhí ré an tseid mar stiúideo thart anois. Sa deireadh, ba é an tseid seo an áit ba shona a bhí aige, tar éis turas 12,000 cili-méadar chun na hAstráile agus é ina fhear óg. Ba é mian a chroí filleadh abhaile lá amháin, agus anois bhí sé ar shlí na fírinne don bhaile deireanach.

D'iompaigh sí i dtreo an tí chun a fón a fháil. Thógfadh sí grianghraf de na héin bheaga sa ghairdín. Amárach, bheadh a n-ainmneacha ar eolas aici.

The Second Sex
Small sparks light big fires

I looked up from the newspaper to find out the cause of the delay. There was only one person, a young woman, at the door of the bus. Why didn't she come on board?

Then I heard a child, 'I do it myself, Mum. I do it myself'. I sat straight up in the seat, craned my neck, and saw small hands gripping the pole. A young girl, around three years old, who was trying to pull herself up on to the platform. Her mother was behind her carrying a pram under her arm, a backpack hanging from her shoulder, a doll in one hand, and that hand on her daughter's back. The young woman then threw the pram and doll to the ground, and grabbed hold of the girl's closed fingers, prised them open, and lifted the girl into the bus. The girl screamed in protest, and began hitting her mother's legs as she boarded the bus with the pram, the doll, and the backpack.

The girl ran down the passageway and straight into the seat across from me. She sat next to the window. 'Myself, myself, Mum. I do it myself', she wailed. After depositing the pram in the luggage rack, the mother came down the passageway and into the seat. She sighed, closed her eyes for a second and then gave the doll to the girl who threw it back. The mother clasped the doll to her chest crying, 'poor dolly, poor dolly'. She pulled her daughter to her, and began stroking her hair until the girl stopped crying. The girl put her thumb in her mouth and then lay across her mother's knee and closed her eyes. Mother did the same. Peace descended one again. I went back to the newspaper.

An Dara Gnéas
Is beag an splanc a lasann tine

D'fhéach mé suas ón nuachtán chun fáil amach cúis an mhoill. Ní raibh ach duine amháin, bean óg, ag doras an bhus. Cén fáth nach raibh sí ag teacht ar bord?

Ansin chuala mé páiste, 'Déan mé mé féin é, a Mham. Déan mé mé féin é.' Shuigh mé suas díreach sa suíochán, agus chonaic mé lámha beaga le greim ar an gcuaille. Cailín óg, timpeall trí bliana d'aois, a bhí ag iarraidh í féin a tharraingt suas ar an ardán. Bhí a Mam taobh thiar di ag iompar pram faoina hascaill, mála droma ag crochadh óna gualainn, bábóg i lámh amháin, agus an lámh sin ar dhroim a hiníon. Ansin chaith an bhean óg an pram agus an bhábóg ar an talamh, agus rug greim ar mhéara dúnta an chailín, scaoil iad, agus d'ardaigh an cailín isteach sa bhus. Lig an cailín scréach ollmhór aisti, agus thosaigh sí ag bualadh cosa a Mam agus í ag teacht ar bord an bhus leis an bpram, an bhábóg, agus an mála droma.

Rith an cailín síos an pasáiste agus díreach isteach sa suíochán trasna uaim. Shuigh sí in aice leis an bhfuinneog. 'Mé féin, mé féin, a Mham. Déan mé mé féin é', a chaoin sí. Tar éis an pram a fhágáil sa raca bagáiste, tháinig an máthair síos an pasáiste agus isteach léi sa suíochán. Lig sí osna. Thug sí an bhábóg don chailín, ach caitheadh ar ais í. Ansin thug an bhean óg barróg don bhábóg, ag caoineadh, 'a bhábóg bhocht, a bhábóg bhocht'. Ansin, lena lámh chlé, tharraing sí a hiníon chuici, agus thosaigh sí ag cuimilt a cuid gruaige go dtí gur stop an cailín an chaointe. Chuir an cailín a hordóg ina béal aici agus luigh sí trasna ghlúin a mam agus dhún sí a súile. Rinne Mam an rud céanna. Chuaigh mise ar ais don nuachtán.

From that time on, the girl and her mother were a welcome change for me on my journey to work. The boarding drama decreased after a while, especially when a lollipop became a solution. A lollipop in one hand, the girl forgot her need for independence, and happily accepted her mother's help in boarding the bus. I had great respect for that little girl because of her determination to be independent so early in her life, before her little body had the ability to do what her mind imagined. And I was admiring of her mother, a young woman, and how she was able to manage the child, backpack, doll and pram with ease, apparently.

They in their seat and me across from them or close by, conversations began. I found out that the young woman was attending the university where I worked. Sometimes we had a little conversation about the child, and other times the young woman was reading a book and I didn't bother her. At those times, I continued to read the newspaper until we waved goodbye to each other at their stop. Then the young woman had to take the child, the doll, the backpack, and the pram down from the bus without anyone's help. Sometimes if someone else was getting off at that stop, she received help. But in general, no one paid attention to the young woman and she was left doing everything herself. That was the way it was, and still is, I believe.

Little by little I found out that she was married and that her husband was a student at the same university doing the same degree. She told me that although she had always been interested in attending university, for a variety of reasons she couldn't go

As sin amach, bhí an cailín agus a máthair mar athru deas dom ar mo thuras chun na hoibre. Laghdaigh an dráma bordála tar éis tamaill agus go háirithe nuair a tháinig réiteach den fhadhb le líreacán. Líreacán i lámh amháin, chuir an cailín deireadh lena neamhspleáchas, agus ghlac sí go sona sásta le cabhair a máthar chun dul ar bord an bhus. Bhí an-mheas agam ar an gcailín beag sin mar gheall ar a diongbháilteacht chun a bheith neamhspleách chomh luath sin ina saol, sula raibh an cumas ag a corp beag an rud a shamhlaigh a hintinn a dhéanamh. Agus bhí an-mheas agam ar a máthair, bean óg, agus an chaoi a raibh sí in ann an cailín, an mála, an bhábóg agus an pram a dhéanamh go breá gan stró, de réir dealramh.

Agus iad suite ina suíochán agus mise i mo cheannsa gar dóibh, thosaigh comhrá eadrainn. Fuair mé amach go raibh an bhean óg ag freastal ar an ollscoil ina raibh mise ag obair. Uaireanta bhí comhrá beag againn faoin pháiste féin, agus uaireanta eile bhíodh an bhean óg ag léamh leabhar agus níor chuir mé isteach uirthi. Ag amanna mar sin, lean mise ar aghaidh ag léamh an nuachtán go dtí gur fhágamar slán ar a chéile ag a stad. Ansin bhí ar an mbean óg an páiste, an bhábóg, an mála droma, agus an pram a thógáil anuas ón mbus gan chabhair ó éinne. Uaireanta nuair a bhí duine eile ag tuirlingt ag an stad sin, fuair sí cabhair. Ach chun an fhírinne a rá, níor thug éinne aird ar an mbean óg agus fágadh í ag déanamh gach rud í féin. Sea, sin mar a bhí sé, agus is mar sin é go fóill, creidim.

Beagán ar bheagán fuair mé amach go raibh sí pósta agus go raibh a fear céile ina scoláire ag an ollscoil chéanna, ag déanamh an chéim chéanna. Dúirt sí liom freisin cé go raibh suim i gcónaí aici freastal ar ollscoil, ar chúiseanna éagsúla ní raibh sí ábalta

straight from school, and then she had the child. Then, unexpectedly, she got a second chance.

The previous year her husband had lost his job during the recession, and it was difficult for him to find another. They were struggling financially. Fortunately, at that time there were grants from the government for mature-aged students to study at third level and gain new skills. They both applied for the grant and were successful. They hoped to be on the pig's back again in four years, working as teachers.

At that time, I was studying French part-time while working as an administrator at the university. And since that young woman was starting to learn French, we began greeting each other with 'Bonjour' and saying goodbye with 'Au revoir.'

One day I noticed she was reading a big book, and when I asked her about it, she said it was Le Deuxième Sexe, by Simone de Beauvoir.

'Have you ever read it?' she asked.

'I have, but I thought it was not on the syllabus anymore.'

'It's not,' she continued, 'but when I heard in class that there it a kind of banned from the syllabus, I went straight to the library and took out this English version.'

'And...?'

'I'm afraid of it!' she laughed, and resumed reading.

I smiled to myself recalling my own experience with Le Deuxième Sexe. I too came across that book when I was studying at university as a mature student. It was first published in English in 1949. I remembered that I also went straight to the library and

freastal ann díreach ón scoil, agus ansin bhí leanbh aici. Ach gan choinne, tharla dara seans.

An bhliain roimhe sin, tharla sé gur chaill a fear céile a phost i rith an chúlú eacnamaíochta, agus bhí sé deacair dó ceann eile a fháil. Bhí siad i dtrioblóid airgeadais. Ach bhí an t-ádh dearg orthu mar bhí deontais le fáil ón rialtas ag an am sin do scoláirí lánfhásta chun staidéar a dhéanamh ag an tríú leibhéal agus scileanna nua a fháil. Chuir siad beirt isteach ar an deontas agus d'éirigh leo. Bhí siad dóchasach go mbeidís ar mhuin na muice arís i gceann ceithre bliana, ag obair mar mhúinteoirí.

Ag an am sin, bhí mise ag déanamh staidéar ar an bhFraincis go páirtaimseartha agus mé ag obair mar riarthóir ag an ollscoil. Agus ós rud é go raibh an bhean óg sin ag tosú ag foghlaim Fraincise, thosaigh muid ag beannú dá chéile le 'Bonjour' agus ag fágáil slán le 'Au revoir'.

Lá amháin thug mé faoi deara go raibh sí ag léamh leabhar mór agus nuair a d'fhiafraigh mé di faoi, dúirt sí gur Le Deuxième Sexe, le Simone de Beauvoir, a bhí ann.

'Ar léigh tú é riamh?' a d'fhiafraigh sí.

'Léigh, ach cheap mé nach raibh sé ar an siollabas a thuilleadh.'

'Níl sé', a lean sí, 'ach nuair a chuala mé sa rang go raibh saghas cosc ar an leabhar seo a bheith ar an siollabas, chuaigh mé díreach go dtí an leabharlann agus thóg mé amach an leagan Béarla seo'.

'Agus?'

'Tá eagla orm faoi', a gháir sí, agus thosaigh ag léamh arís.

Rinne mé aoibh dom féin agus mé ag meabhrú ar mo thaithí féin le Le Deuxième Sexe. Tháinig mé féin trasna ar an leabhar sin nuair a bhí mé ag staidéar san ollscoil mar mhac léinn lánfhásta. Foilsíodh é den chéad uair i mBéarla i 1949. Chuimhnigh mé

took out the English edition. I was also a little scared of how Simone de Beauvoir influenced me as a woman. Later, in my English literature studies, I identified with Virginia Woolfe's character Mrs Ramsey and married life. And her essay 'A Room of One's Own' further showed how married women tended to put themselves second while serving others. My room of my own was the laundry. 'Plus ça change...'.

One day, about three months later, the young woman started to tell me about her husband, the housework, and the care of the child. That man did nothing to help the young woman, even though they were doing the same amount of study, and bringing the same money into the house, as the government grant was a family one. Recently, she asked her husband about why he didn't do his share of the housework and child care work given they were studying the same degree and bringing in the same amount of money to the house, that is to say the allowance for the family. And she said she asked her husband why he was not doing his share of the work.

'And what excuse did he have?'

'He said this,' she answered. 'To tell you the truth, I think I believe that I have sort of a right from God not to do that work.'

'Divine Right', is that it?'

'Yes, exactly. Divine Right' said the young woman in amazement.

'And did he do more work around the house and with the child after that talk?'

'What do you think?', she answered, pressing the bell.

She stood up and collected the child, the doll, the backpack, and on the way out of the bus, the pram.

A few weeks later, I read in the newspaper about an apartment fire in the city. A woman and a girl were standing in front of the

go ndeachaigh mé díreach freisin chuig an leabharlann agus thóg mé amach an t-eagrán Béarla. Bhí beagán eagla orm freisin faoin gcaoi a raibh tionchar ag Simone de Beauvoir orm mar bhean. Níos déanaí, thuig mé go maith don charachtar Mrs Ramsey le Virginia Woolfe agus an saol pósta. Agus léirigh a haiste 'A Room of One's Own' a thuilleadh conas a bhí claonadh ag mná pósta iad féin a chur sa dara háit agus iad ag freastal ar dhaoine eile. 'Plus ça change…'.

Lá amháin, timpeall agus trí mhí níos déanaí, d'inis an bhean óg scéal dom faoina fear céile, obair an tí, agus cúnamh an pháiste. Ní dhearna an fear sin faic chun cabhair leis an mbean óg, cé go raibh siad ag déanamh an staidéir chéanna, agus go raibh an t-airgead céanna á thabhairt isteach sa teach, sin a rá an deontas ón rialtas don chlann. Agus dúirt sí gur chuir sí ceist le déanaí ar a fear céile faoi cén fáth nach ndearna sé a chuid den obair.

'Agus cén leithscéal a bhí aige?'

'Dúirt sé seo', a d'fhreagair sí: 'Chun an fhírinne a rá, ceapaim go bhfuil saghas ceart agam ó Dhia gan an obair sin a dhéanamh.'

'Divine Right', an ea?'

'Sea, go díreach. Divine Right,' arsa an bhean óg le hiontas.

'Agus an ndearna sé tuilleadh oibre timpeall an tí agus leis an bpáiste tar éis na cainte sin?'

'Cad a cheapann tusa?', a d'fhreagair sí, ag brú an cloigín.

Sheas sí suas agus bhailigh sí an páiste, an bhábóg, an mála droma, agus ar an tslí amach ón mbus, an pram.

Cúpla seachtain ina dhiaidh sin, léigh mé sa nuachtán faoi thine árasáin sa chathair. Bhí bean agus cailín ina seasamh os comhair an

apartment when the fire brigade arrived. When she was asked if there was anyone else left inside, she said, 'God.'

Then the young girl tugged at her mother's pants saying, 'You did it, Mum. You did it yourself!'

árasáin nuair a tháinig an bhriogáid dóiteán. Nuair a cuireadh ceist ar an mbean an raibh éinne eile fágtha istigh, dúirt sí 'Dia'. Ansin tharraing an cailín óg ar a bríste a rá, 'Rinne tú duit féin é, a Mham. Rinne tú duit féin é.'

Another Country
Youth sheds many skins

'And how are you really?'

She noticed the words 'really.' She couldn't escape interrogation from this friend. She quickly searched her mind to give the right answer, when her friend continued with, 'Do you miss him?'

She was trapped. She searched her mind again and saw only a panic button. She pressed it, 'Is there any point?' came out. 'He's dead.'

She was not expecting the retort. 'But you're not made of stone!'

She realized straight away that she had let her friend down. She forgot that she was a marriage counsellor and was probably hoping to help her friend on this visit home.

'I'm sorry,' she said finally, 'but I have to leave for the bus. We'll talk about it again.' That worked. Her friend smiled.

* * *

On the bus, she recognized the agitation in her chest and pushed it down. She felt betrayed. People pretend to be your friend, but in the end, they are not. You can't rely on anyone but yourself. She tasted the bile on her tongue and thought back on other occasions when she had been betrayed in this country. The friend who turned priest again and lectured her on contraception when she got married. Don't give away your secrets.

She got off the bus at Dame Street to walk over the Halfpenny

Tír Eile

Is iomaí craiceann a chuireann an óige di

'Agus conas atá tú i ndáiríre?'

Thug sí faoi deara na focail 'i ndáiríre.' Ní fhéadfadh sí éalú as ceastóireacht ón gcara seo. Chuardaigh sí a hintinn go tapa chun an fhreagairt cheart a thabhairt, nuair a lean a cara le 'An mothaíonn tú é uait?'

Bhí sí sáinnithe. Chuardaigh sí a hintinn arís agus ní fhaca sí ach cnaipe práinne. Bhrúigh sí air, 'An fiú é?' a tháinig amach. 'Tá sé marbh.'

Ní raibh sí ag tnúth leis an bhfreagra grod. 'Ach níl tú déanta as carraig!'

Thuig sí go díreach go raibh sí tar éis a cara a ligean síos. Rinne sí dearmad gur comhairleoir póstaí ab ea inti agus is dócha go raibh sí ag súil lena cara a chabhrú ar an gcuairt abhaile seo.

'Mo bhrón' a dúirt sí faoi dheireadh, 'ach caithfidh mé imeacht don bhus. Labhróimid arís faoi.' D'oibrigh sé sin. Rinne a cara meangadh gáire léi.

* * *

Ar an mbus, d'aithin sí an corradh ina cliabh agus bhrúigh sí síos é. Mhothaigh sí gur tréigeadh í. Ligeann daoine orthu gur cairde leat iad, ach sa deireadh ní cara iad. Ní féidir braith ar éinne ach tú féin. Bhlais sí an nimh ar a teanga agus smaoinigh sí siar ar ócáidí eile a tréigeadh í sa tír seo. An cara a d'iompaigh ina shagart arís ag tabhairt leacht di faoi fhrithghiniúint nuair a phós sí. Ná scaoil do rúin.

Thuirling sí den bhus ag sráid Dáma chun siúil thar Dhroic-

Bridge. These are the reasons she came home regularly. There used to be a second-hand bookshop at the start of the Halfpenny Bridge when she was young, and it was there that she first came upon The Country Girls. She bought it and read it secretly on the bus home covered with the large notebook she had bought in Eason's. A large notebook to start a diary that would be hidden in her bedroom. She wouldn't get into trouble like her brother once did when a copy of Lady Chatterley's Lover was found under his pillow. Mam went off her head. Could the neighbours hear her?

She walked on Upper Liffey Street and stopped to read the memorial plaque for Hector Gray. She thought back to that shop. So many tiny shiny things. She didn't need to buy anything because what she enjoyed most was the walk up and down the aisles, looking intently at anything shiny. Her Mam buying toys for Christmas somewhere else in the store.

Was it in Hector Gray's shop that her Mam bought the Hula Hoops she saw hidden behind the tall cupboard before one Christmas? A big orange one for her and a little blue one for her brother. She did very well with the Hula Hoop, and tried to teach it to her brother but he didn't have the hips for it.

The end of the home visit came soon enough. She was filled up again to go back to her life in Australia. 'Tears in my eyes!', her Dad said to her on the drive to the airport. She looked across with concern, but her Dad was smiling from ear to ear.

'Will anyone be waiting for you at the airport?'
'Yes.'
'Someone I know about, a him or a her?'

head na Leathphingine. Seo iad na cúiseanna a tháinig sí abhaile go rialta. Bhíodh siopa leabhair athláimhe ag tús an Droichead Leathphingin nuair a bhí sí óg, agus is ann a tharla sí ar The Country Girls don chéad uair. Cheannaigh sí é agus léigh sí go rúnda é ar an mbus abhaile clúdaithe leis an leabhar nóta mór a cheannaigh sí in Easons. Leabhar nóta mór chun dialann a thosú a bheadh curtha i bhfolach ina seomra leapa. Ní bheadh sí i dtrioblóid mar a raibh a dhearthair uair amháin nuair a fuarthas cóip de Lady Chatterley's Lover faoina philiúr. Mamaí ag tabhairt amach in ard a cinn. An bhféadfadh na comharsana í a chloisteáil?

Shiúil sí ar Shráid Life Uachtar agus stop sí chun an phlaic chuimhneacháin ar son Hector Gray a léamh. Smaoinigh sí siar ar an siopa sin. An oiread sin rudaí beaga bídeacha agus lonracha. Níor ghá di aon rud a cheannach mar ba é an rud ba mhó a thaitin léi ná an siúl suas agus síos na pasáistí ag féachaint go géar ar aon rud lonrach. A Mam ag ceannach bréagáin don Nollaig in áit éigean eile sa siopa.

An i siopa Hector Grey a cheannaigh a Mham na Hula Hoops a chonaic sí i bhfolach taobh thiar den chófra ard roimh Nollaig amháin? Ceann mór oráiste di agus ceann beag gorm dona deartháir. D'éirigh sí an-mhaith leis an Hula Hoop, agus rinne sí iarracht é a mhúineadh dona deartháir ach ní raibh na cromáin aige don chleas.

Tháinig deireadh an turas abhaile luath go leor. Bhí sí líonta suas arís chun dul ar ais go dtí a saol san Astráil. 'Deora i mo shúile!', a dúirt a Dhaid di ar an tiomáint go dtí an t-aerfort. D'fhéach sí trasna le himní ach bhí a Dhaid ag aoibh ó chluas go cluas.

'An mbeidh éinne ag fanacht leat ag an aerfort?'
'Beidh.'
'Duine a bhfuil eolas agam faoi nó fúithi?'

'I don't know. Just a friend.'

The car returned to silence again. The surrounding suburbs, Blackrock, East Wall, Ringsend, Santry, always the same journey avoiding the M2, a 'modern road.' They got out of the car at Arrivals, the suitcase, a long hug, and a quick goodbye. Neither of them knew that the disaster of the pandemic and Alzheimer's disease was ahead of them.

* * *

Climbing plant with big orange flowers, she typed in Google. It came back straight – 'Orange trumpet vine.' That's it, and that's why the little birds are in her garden. The New Holland Honeyeaters.

She looked at the clock. She would be late for lunch. She grabbed her new backpack, her phone in its own bag, and her keys. She was excited that today she would have something new to say for a change. She parked and put the phone bag out of sight under the seat. She didn't need it here, and she hated carrying a phone around with her. It reminded her of a child. That time of life was over. She was care free.

Her friend was already seated at a table at the back of the café. She made her way around the tables and tapped him on the back at the same time as the waitress arrived. They ordered the same thing as always, a toasted sandwich and a cappuccino. The coffee arrived straight away.

'And how are you really?' her friend asked after the usual banal talk about the weather.

'Okay, trying new things.'

'Like hiking?' he asked pointing to the backpack.

'Well, a walk more than a hike. This was the smallest backpack available. There's something about wearing a backpack, the

'Níl a fhios agam. Níl ann ach cara.'

D'fhill an carr ina tost arís. D'imigh na bruachbhailte thart, Carraigh Dubh, An Bóthar Thoir, na Rinne, Seantrá, an turas céanna i gcónaí ag seachaint an M2, 'bóthar nua-aimseartha.' Amach leo ag an Teacht Isteach, an cás, barróg fhada, agus scaradh gasta. Ní raibh a fhios ag ceachtar acu go raibh tubaiste na paindéime agus galar Alzheimer rompu.

* * *

Climbing plant with big orange flowers, a chlóscríobh sí i Google. Tháinig sé ar ais go díreach – Orange trumpet vine.' Sin é, agus sin an fáth go bhfuil na héin bheaga ina gairdín. Na New Holland Honeyeater.

D'fhéach sí ar an gclog. Bheadh sí déanach don lón. Sciob sí a mála droma nua, a fón ina mála féin, agus a heochracha. Bhí sí ar bís go raibh rud nua le rá inniu mar athrú. Pháirceáil sí agus chuir an mála fón as radharc faoin suíochán. Níor ghá é anseo, agus ba fuath léi fón a iompar timpeall léi. Chuir sé leanbh i gcuimhne di. Bhí an t-am sin den saol thart. Bhí sí saor ó aire.

Bhí a cara suite cheana féin ag bord ar chúl an chaifé. Rinne sí an bealach timpeall na boird agus bhuail buille beag sa droim ag an am céanna ar tháinig an freastalaí. D'ordaigh siad an rud céanna mar ba ghnáth leo, ceapaire tósta agus cappuccino. Tháinig an caife gan mhoill.

'Agus conas atá tú i ndáiríre?' a d'fhiafraigh a cara tar éis na cainte seanchaite faoin aimsir.

'Maith go leor, ag baint triail as rudaí nua.'

'Mar siúlóireacht?' a d'fhiafraigh sé ag díriú ar an mhála droma.

'Bhuel, siúlóid níos mó ná siúlóireacht. Seo an mála droma is lú a bhí ar fáil. Tá rud éigean faoi mhála droma á caitheamh agam,

straps on my shoulders, the weight on my back, that feeling of having an adventure ahead of me. It takes me back to An Óige and those days. Do you remember?'

'I remember them exactly. And in particular, I remember the day we met in that remote youth hostel in Donegal.'

'Weren't they all remote?' she retorted, trying to move on as she felt the tears coming.

He was alert. 'Well,' he said quickly, 'apart from a walk with your backpack do you intend doing anything else that's new?'

'An outdoor concert', she offered.

'Tell me more', he urged. 'You know I'm interested in all aspects of classical music. I have a huge collection. Would you like to come...'

She stretched her hand across the table and squeezed his hand. 'No, is the answer', she said firmly but gently.

The sandwiches arrived. She pulled a bottle of water out of her backpack.

'Put that thing back in your bag. Microplastics.' He stirred his coffee slowly.

'What are microplastics?', she asked, putting the water bottle back in her backpack thoughtfully, and relieved that a new topic had begun.

'Little pieces of plastic that you can't see. They're being released everywhere, in the sea, in the fields, in food, in drinking water.'

She continued to listen to her old friend, amazed at his interest in a lot of things, water now. But even though she had her coffee, she also needed water. Her throat was often dry. Old age, perhaps. She looked around and saw water bottles on the counter.

He followed her eyes and then stood up, made for the counter,

na strapaí ar mo ghualainn, an meáchan ar mo dhroim, an mothú sin go bhfuil eachtra romham. Tugann sé siar mé go dtí An Óige agus na laethanta sin. An cuimhin leat?'

'Is cuimhin liom go díreach iad. Agus go háirithe is cuimhin liom an lá a chasamar le chéile sa bhrú óige iargúlta sin i nDún na nGall.'

'Nach raibh siad go léir iargúlta' a d'fhógair sí ag iarraidh bogadh ar aghaidh mar mhothaigh sí na deora ag teacht.

Bhí sé san airdeall. 'Bhuel' a dúirt sé go gasta, 'taobh amuigh de shiúlóid le do mhála droma an bhfuil rún agat aon rud eile?'

'Ceolchoirm amuigh faoin spéir,' a d'ofráil sí.

'Inis dom a thuilleadh', a ghríosaigh sé. 'Tá a fhios agat go bhfuil suim agam i ngach gné den cheol clasaiceach. Tá bailiúchán ollmhór agam. Ar mhaith leat teacht…'

Shín sí a lámh trasna an bhoird agus d'fháisc sí an ceann s'aige. 'Ní hea, an freagra' a dúirt sí go daingean ach go séimh.

Tháinig na ceapairí. Tharraing sí buidéal uisce amach as a mála droma.

'Cuir an rud sin ar ais i do mhála. Micreaphlaistigh.' Chorraigh sé a chaife go mall.

'Cad é sin, 'micreaphlaistigh?'a d'fhiafraigh sí, ag cur an bhuidéil uisce ar ais ina mála droma go smaointeach, faoiseamh uirthi go raibh topaic nua tosaithe.

'Píosaí beaga plaisteacha nach féidir leat a fheiceáil. Tá siad á scaoileadh gach aon áit, san fharraige, sna goirt, sa bhia, in uisce óil.'

Lean sí ar aghaidh ag éisteacht lena sean cara, iontas an domhain uirthi faoina shuim ina lán ruda, uisce anois. Ach cé go raibh a caife féin aici, bhí uisce uaithi freisin. Bhíodh scornach thirim uirthi go minic. Seanaois, b'fhéidir. D'fhéach sí timpeall agus chonaic sí buidéil uisce ar an gcuntar.

Lean sé a súile agus ansin sheas sé suas, rinne don chuntar

and returned with two glasses and a bottle of water. He filled the glasses and continued his lecture about the water.

'Water bottles weren't a thing until the nineties, small plastic bottles of water that were cheap, ordinary people keeping up with the rich and famous, going to the gym instead of walking around the block. Wearing special clothes for exercise...'

In the eighties that started, she was going to say, but she didn't have a chance to break in. She would keep that story until a later time. Next week, say, she'd start a conversation about the eighties and tell the story of her Mam knitting her a pair of leggings, like the ones worn by Jane Fonda on TV.

Her Mam stopped the knitting to let her know that her knees were big compared to her sisters' knees. Was her Mam complaining about the amount of wool involved or was she just surprised about her knees?

Her mind came back to the present time and he was still on the topic of microplastics.

She continued to listen politely to him and inserting 'is that so?' on a regular basis. But, in the end, she was over it.

She stirred her coffee and then picked up her glass of water and struck it gently with the spoon. After a few strikes, the lecture stopped. She leaned across, looked into his eyes, and asked in a whisper, 'But are there microplastics already in this water?' Swallowing it in one gulp.

His phone rang. 'Sorry, but I must take this', he said.

'You must', she said, strapping on her back pack.

agus ar ais leis le dhá ghloine agus buidéal uisce. Líon sé na gloiní agus lean sé ar aghaidh lena léacht faoin uisce. '

'Ní raibh buidéil uisce mar rud go dtí na nóchaidí, buidéil bheaga phlaisteacha uisce a bhí saor go leor, an gnáthdhuine ag coimeád suas leis na daoine saibhre agus cáiliúla, ag dul go dtí an giom in ionad siúl thar ar an mbloc. Ag caitheamh éadaí speisialta le haghaidh aclaíochta…'

Sna hochtóidí a thosaigh sé sin, bhí sí chun a rá ach ní raibh seans aici briseadh isteach. Choimeádfadh sí an scéal sin go dtí am níos déanaí. An tseachtain seo chugainn, abair, thosódh sí comhrá faoi na hochtóidí agus d'inseodh sí an scéal faoina Mam ag cniotáil péire 'leggings' di, na cinn a chaith Jane Fonda ar an teilifís.

Stop a Mam an chniotáil chun a chur in iúl di go raibh glúine mór aici i gcomparáid le glúine a deirfiúracha. An raibh a Mam ag gearán faoin méid olann a bhí i gceist nó mar go raibh a glúine mór?

Tháinig a hintinn ar ais go dtí am reatha agus bhí an topaic micreaphlaistigh ar bun aige go fóill.

Lean sí ar aghaidh ag éisteacht go dea-bhéasach leis agus ag cur 'an ea?' isteach ann go rialta. Ach, faoi dheireadh, bhí sí dubh dóite leis.

Chorraigh sí a caife agus ansin thóg sí suas a gloine uisce agus bhuail sí go séimh é leis an spúnóg. Tar éis cúpla cling, stop an léacht. Chlaon sí ar aghaidh, d'fhéach ina shúile, agus d'fhiafraigh sí le cogar, 'Ach an bhfuil micreaphlaistigh cheana féin san uisce seo?' Ag slogadh siar é d'aon iarraidh amháin.

Bhuail a fhón. 'Gabh mo leithscéal, ach caithfidh mé é seo a ghlacadh.'

'Caithfidh tú, cinnte,' a dúirt sí, ag strapáil uirthi a mála droma.

Danger and Risk

She sat down on the grass and gathered the children around her.

'We've reached the end of the path. There are two options. Go back to where we started climbing up from the beach, or jump down here on to the sand. It'll be fine. I'll jump first, and then I'll help you.'

She stood up and took the children's hands and moved carefully to the edge. Fear curled up in her belly as she looked down. It wasn't a long fall to the ground, but there was a chance that she would be injured even though the sand was soft. She imagined the pain already from an injured foot or ankle.

She looked up at the blue sky, reflecting on where she was now in her life. Worried. Uncertain. A heavy weight on her shoulders. What happened to her? She didn't remember being scared like this for a long time. She loved these weekend adventures with the children, exploring new places, climbing hills. The children learning new skills. But this time was different.

That took her back to a particular day when he had a grip on something like an iron spike sticking out on the side of the highest mountain in Ireland. Her sister's voice was trembling as she begged her to come back. 'Don't look down.' Of course, she looked down. Her heart jumped and beat furiously in her throat. They were on the edge of a narrow path that was narrowing more. The valley far below. She was hesitant to loosen her grip on this spike, but she knew by her sister's face and voice that she must. She looked in her sister's direction, grabbed hold of the hand that was stretching out to her, and they moved along until the mountain path widened again and they were on open ground. Looking up to the sky with

Baol agus Riosca

Shuigh sí síos ar an bhféar agus bhailigh sí na páistí timpeall uirthi.

'Tá deireadh an chosáin sroichte againn. Tá dhá rogha ann. Dul ar ais go dtí an áit ar thosaigh muid ag dreapadh suas ón trá, nó léim síos anseo ar an ngaineamh. Beidh sé go breá. Léimfidh mise ar dtús, agus ansin cabhróidh mé libh.'

Sheas sí suas agus thóg lámha na leanaí agus bhog go cúramach chun an t-imeall. Bhí eagla cuachta ina bolg agus í ag breathnú síos. Ní titim fhada go talamh a bhí ann, ach bhí seans ann go mbeadh sí gortaithe cé go raibh an gaineamh bog. Shamhlaigh sí an phian cheana féin ó chos nó rúitín gortaithe.

Bhreathnaigh sí thuas ar an spéir ghorm, ag machnamh ar an áit ina raibh sí anois ina saol. Imníoch. Éiginnte. Meáchan mór ar a guaillí. Cad a tharla di? Níor chuimhin léi a bheith eaglach mar seo le fada. Ba bhreá léi na heachtraí deireadh seachtaine seo leis na páistí, ag fiosrú áiteanna nua, ag dreapadh cnoic. Na páistí ag foghlaim scileanna nua. Ach bhí an uair seo difriúil.

Chuir sé sin ar ais í go lá faoi leith nuair a bhí greim aici ar rud éigin mar spíce iarainn a bhí ag gobadh amach ar thaobh an tsléibhe is airde in Éirinn. Bhí glór a deirfiúr ar crith agus í ag impí uirthi teacht ar ais. 'Ná féach síos'. Ar ndóigh, d'fhéach sí síos. Léim a croí agus bhuail sé go buile ar a scornach. Bhí siad ar imeall cosán caol a bhí ag caolú níos mó. An gleann i bhfad thíos. Bhí leisce uirthi a greim a scaoileadh ar an tairne seo, ach bhí a fhios aici ó aghaidh agus ó ghuth a deirfiúr go gcaithfeadh sí. D'fhéach sí i dtreo a deirfiúr, rug ar an lámh a bhí ag síneadh chuici, agus ansin bhog siad leo go dtí gur leathnaigh an cosán sléibhe arís agus go raibh siad ar thalamh oscailte. Ag féachaint suas le buíochas,

thanks, she saw a jet plane streaming a long white tail.

Carrauntoohil. It was unbelievable but true that she climbed the highest mountain in Ireland at the age of fourteen, along with her sister who was six years older.

When they left their home in Dublin the previous morning, she was excited about the upcoming adventure. Nothing was bothering her. And, she was wearing a new pair of jeans, a new scarf, and new white plastic shoes. The nylon scarf came from Paris, a gift from her Mam who was on holiday there. The scarf was white in colour, covered with images of the Eiffel tower. When she wore that scarf for the first time at Mass, she thought everyone was looking at her with envy, well every teenager anyway. Little did she know leaving the house that that scarf would have a bigger job outside of keeping the wind and rain out of her hair or keeping her neck warm from the cold.

The day after reaching Killarney, they made it to Carrauntoohil, a nine-kilometre walk. They left their backpacks in the youth hostel thinking they'd be back before lunchtime.

They spent their time singing songs such as 'The Happy Wanderer' that was popular at the time. Looking back, it was silly to hit that road without knowing the way, or the dangers of climbing mountains, let alone climbing the highest mountain in Ireland. But sense doesn't come before age.

The landscape was spectacular. A stream with large stones, a beautiful waterfall falling down the mountain, two large lakes, Lough Cummins High, the highest in Ireland. Finally they reached The Devil's Ladder (they didn't know that name at the time), unaware they faced a difficult climb. But it was a perfectly sunny day. And although the path was full of rocks, they were dry. From time

chonaic sí eitleán scaird ard sa spéir ag sruthú eireaball bán fada.

Corrán Tuathail. Bhí sé dochreidte ach fíor gur dhreap sí an sliabh is airde in Éirinn agus í ceithre bliana déag d'aois, in éineacht lena deirfiúr a bhí sé bliana níos sine.

Nuair a d'fhág siad a dteach i mBaile Átha Cliath an mhaidin roimhe sin, bhí sceitimíní uirthi faoin eachtra a bhí le teacht. Ní raibh aon rud ag cur isteach uirthi. Agus, bhí péire jíons nua, scaif nua, agus bróga bána plaisteacha nua á gcaitheamh aici. Tháinig an scaif níolón ó Pháras, bronntanas óna Mam a bhí i ndiaidh a bheith ar saoire ann. Dath bán a bhí ar an scaif, agus clúdaithe le híomhánna den túr Eiffel. Nuair a chaith sí an scaif sin don chéad uair ag an Aifreann, cheap sí go raibh gach duine ag féachaint uirthi le héad, bhuel gach déagóir ar aon nós. Is beag an t-eolas a bhí aici ag fágáil an teach go mbeadh jab níos mó ag an scaif sin taobh amuigh den ghaoth agus an bháisteach a choimeád amach as a chuid gruaige nó a muineál a choimeád te ón bhfuacht.

An lá tar éis Cill Airne a bhaint amach, rinne siad ar Carrauntoohil, siúlóid naoi gciliméadar. .D'fhág siad na málaí droma sa bhrú óige ag ceapadh go mbeidís ar ais roimh am lóin.

Chuir siad an t-am díobh ag cabaireacht agus ag canadh amhráin mar 'The Happy Wanderer' a bhí coitianta ag an am. Ag breathnú siar, bhí sé amaideach an bóthar sin a bhualadh gan eolas ar an tslí, nó faoin mbaol a bhaineann le sléibhte a dhreapadh, gan trácht ar an sliabh is airde in Éirinn a dhreapadh. Ach tagann ciall le haois.

Bhí an tírdhreach go hiontach. Sruthán le clocha móra, easa gleoite ag titim síos an sliabh, dhá locha mhóra, Loch Cuimín Uachtar, an ceann is airde in Éirinn. Faoi dheireadh shroich siad An Dréimire Diabhal (ní raibh eolas an t-ainm sin acu ag an am). Dreapadh deacair a bhí in ann dóibh gan a fhios acu. Ach lá breá gréine a bhí ann. Agus cé go raibh an cosán lán le carraigeacha, bhí

to time they had to grab clumps of grass for support. It continued like that for a few more hours.

Her legs became weak after a while. They had nothing to eat or drink. Two or three hours later she was flat on her back, begging her sister to leave her there and to reach the summit by herself.

'The summit is just above us. You can even see the cross,' her sister pleaded. 'It's getting late. Let's go.'

'I can't walk any longer. I'll stay here.'

'But remember you can sign that special book at the top, too. You'll be famous! Not many 14-year-olds have climbed the highest mountain in Ireland.

'But can't you write in the book for me? I'm exhausted.'

Without another word, her sister pulled her up, and with a hand on her back, moved her up to the top of the mountain, singing 'The Happy Wanderer.'

The summit. The lakes looked like two teardrops, the path where they walked to the bottom of the Devil's Ladder a long white ribbon. Other mountain tops were peeking out from clouds that resembled cotton wool. At one point, the wind left, and there was a stunned silence for a few minutes, the cold air like balm after the heat of the climb.

They had no idea that this would be the last time they would be together like this at a place like this. They would be taken away from this life before long by husbands, children, and emigration. That they would be twenty years or more out of their own lives, caring for others. Putting the needs of others first. Eating 'the burnt lamb chop' if necessary, lack of sleep, lack of money.

siad tirim. Ó am go ham bhí orthu greim a fháil ar thoim fhéir mar thacaíocht. Lean sé mar sin le cúpla uair eile.

D'éirigh a cosa lag tar éis tamall. Ní raibh faic le hithe nó le hól acu. Dhá nó trí huaire níos déanaí bhí sí ar shlat a droma ag impí lena deirfiúr í a ligean ann agus an mullach a bhaint amach í féin.

'Tá an mullach díreach os ár gcionn. Is féidir an chros a fheiceáil fiú.' a d'impigh a deirfiúr. 'Tá sé ag éirí déanach. Ar aghaidh linn.'

'Ní féidir liom siúl níos faide. Fanfaidh mé anseo.'

'Ach cuimhnigh gur féidir leat an leabhar speisialta sin a shíniú ag an mbarr freisin. Beidh tú cáiliúil! Níl mórán páistí 14 bliana d'aois a n-éiríonn leo an sliabh is airde in Éirinn a dhreapadh.'

'Ach nach féidir leat scríobh sa leabhar ar mo shonsa? Táim traochta.'

Gan focal eile a rá, tharraing a deirfiúr í suas, agus le lámh ar a droim, bhog sí suas í go barr an tsléibhe, 'The Happy Wanderer' á canadh aici.

An barr. Bhí cuma dhá dheoir ar na lochanna, an cosán inar shiúil siad go bun an Dréimire Diabhal mar ribín bán. Bhí barr sléibhte eile ag gobadh amach as scamaill a bhí cosúil le holann chadáis. Ag pointe amháin, d'imigh an ghaoth agus bhí tost ann ar feadh cúpla nóiméad, an t-aer fuar mar bhalsam tar éis teas an dreapadh.

Ní raibh tuairim dá laghad acu gurb é seo an t-am deireanach a bheidís le chéile mar seo ag áit mar seo. Go mbeidís tógtha as an saol seo go luath mar gheall ar fhir chéile, páistí, agus an imirce. Go mbeidís fiche bliain nó níos mó amuigh as a saol féin, ag tabhairt aire do dhaoine eile. Ag cur riachtanais daoine eile chun tosaigh. Ag ithe 'an ghríscín uaineola dóite' más gá, easpa codlata, easpa airgid.

Suddenly the weather changed, and they were in a big thick cloud. They didn't see the view anymore. She was puzzled at first, and then she became frightened looking around and not being able to see anything. Then, she felt a hand rest on her shoulder. 'It's too dangerous for us to stay here. We have to go down quickly,' her sister said.

'But I can't walk anymore, really, I can't.'

"What about sliding. Can you slide down? Try it.'

She sat on the ground and moved herself forward following her sister's footsteps. After a while, the sky cleared.

And that's how it happened that she took the backside out of her new pair of jeans. While she climbed Carrauntoohil, she slid down it. The first person to do that, or the only one? A world record attempt without a doubt anyway. When they reached the bottom and she stood up, she felt the chill through the bottom of her jeans for the first time. Not only was she uncomfortable, but her under-wear was visible. "I can't walk like this. What are we going to do with the sun going down now?'

Her sister looked at her kindly. 'Don't worry, treasure.' Then she took the scarf and tied it around her waist. 'It's big enough to cover the hole. People will think it's the fashion.'

'Another thing', said her sister, 'you're not able for the long walk back to the youth hostel, so we've got to get a lift.

She walked to the edge of the path, facing the traffic, with her thumb out as a signal. It was late in the day so there was only the odd car on that road.

'Listen to me,' her sister said after a while. She bent down and looked sharply into the young girl's eyes.

'You know about the rules. Not to take lift if there is more

Go tobann d'athraigh an aimsir, agus bhí siad istigh i scamall mór tiubh. Ní fhaca siad an radharc ó bharr na sléibhte níos mó. Tháinig mearbhall uirthi ar dtús, agus ansin d'éirigh sí eaglach ag féachaint timpeall agus gan in ann aon ní a fheiceáil. Ansin, mothaigh sí lámh ar a gualainn. 'Tá sé róbhaolach dúinn fanacht anseo. Caithfimid dul síos go gasta,' arsa a deirfiúr.

'Ach ní féidir liom siúl níos mó, i ndáiríre, ní féidir.'

'Cad mar gheall ar shleamhnaigh. An féidir leat sleamhnaigh síos? Bain triail as.'

Shuigh sí ar an talamh agus bhog sí í féin ar aghaidh ag leanúint cosa a deirfiúr. Tar éis tamall, glan an spéir.

Agus sin mar a tharla sé gur bhain sí an tóin as a péire jíons nua. Cé gur dhreap sí Corrán Tuathil, shleamhnaigh sí síos é. An chéad duine a rinne é sin, nó an t-aon duine? Curiarracht dhomhanda gan dabht ar aon nós. Nuair a shroich siad an bun agus sheas sí suas, mhothaigh sí an fuacht trí thóin an jíons don chéad uair. Ní amháin go raibh sí míchompordach, ach go raibh a fothéadaí le feiceáil. 'Ní féidir liom siúl mar seo. Cad a dhéanfaimid agus an ghrian ag dul síos anois.'

D'fhéach a deirfiúr uirthi go cneasta. 'Ná bí buartha, a thaisce.' Ansin, thóg sí agus cheangail timpeall a coim é. 'Tá sé mór go leor chun an poll a chlúdach. Beidh daoine ag smaoineamh gur an faisean atá i gceist.'

'Rud eile', a dúirt a deirfiúr, 'níl tú ábalta don tsiúlóid fhada ar ais go dtí an brú óige, agus mar sin tá orainn síob a fháil.

Shiúil sí go himeall an bhóthair, aghaidh ar an trácht, agus a hordóg ag bogadh amach mar chomhartha. Bhí sé déanach sa lá agus mar sin ní raibh ach an carr corruair ar an mbóthar sin.

'Éist liom', arsa a deirfiúr tar éis tamall. Chrom sí síos agus d'fhéach sí go géar i súile an cailín óg.

'Tá a fhios agat faoi na rialacha. Gan síob a ghlacadh má tá

than one man in the car. But we're far from youth hostel and you're exhausted, so trust me.'

The next thing they were in a car with four men.

She was in the back between two men. The floor was covered with empty beer cans. Her body began to shake with fear but at the same time she was focused on her sister who was in front between two others, chatting happily. She didn't understand what was happening, how her sister had suddenly changed from anxiety to happiness. And approaching the outskirts of the city she heard, 'That will be nice. Nine o'clock, at pub.'

After getting out of the car she was angry. 'You're promising to meet a man tonight and leave me alone?' She burst out crying.

Her sister put her arms around her saying 'You don't understand now, treasure, but one day I'll tell you why.'

* * *

Even though that day never came, she knew now that sometimes it was necessary to tell lies and take risks. She closed her eyes and jumped down. Instead of injured feet, it was a soft landing. Then she took the children down one by one.

'I was afraid, Mam', said the eldest girl taking her hand. 'Me too,' said the other daughter taking the other hand. 'Let's go', said their Mam, gripping their two hands tightly.

The talk about the danger and risk of her life would be for another day. As they sang together, she felt her sister's helping hand still on her back on the other side of the world. High in the sky a jet plane streamed a long white tail.

.

níos mó ná fear amháin sa charr. Ach táimid i bhfad ón bhrú óige agus tú traochta agus mar sin bíodh muinín agat asam.'

An chéad rud eile bhí siad i gcarr le ceithre fhear.

Bhí sise sa chúl idir beirt fhear. Bhí an t-urlár clúdaithe le cannaí bheoir folmha. Thosaigh a corp ag crith leis an eagla ach ag an am céanna bhí sí dírithe ar a deirfiúr a bhí chun tosaigh idir beirt eile, ag cabaireacht go gealgháireach. Níor thuig sí cad a bhí ag tarlú, conas a bhí a deirfiúr tar éis athrú ón imní go dtí áthas go tobann sin. Agus ag druidim le himeall na cathrach chuala sí 'Beidh sé sin go deas. Naoi a chlog, ag an bpub.'

Tar éis tuirlingt as an gcarr bhí sí feargach. 'Tusa ag gealladh bualadh le fear anocht agus mé a fhágáil im aonar?' Phléasc sí amach ag gol.

Chuir a deirfiúr a lámha thart uirthi ag rá 'Ní thuigeann tú anois, a thaisce, ach lá amháin inseoidh mé duit cén fáth.'

* * *

Cé nár tháinig an lá sin, bhí a fhios aici anois go bhfuil sé riachtanach uaireanta bréaga a insint agus rioscaí a ghlacadh.

Leis na páistí taobh thiar di, dhún sí a súile agus thug sí léim síos. In ionad cosa gortaithe, bhí tuirlingt bhog ann. Ansin thóg sí na páistí síos duine ar dhuine.

'Bhí eagla orm, a Mham', a dúirt an cailín ba shine ag tógáil a lámh. 'Mise freisin', a dúirt an iníon eile ag tógáil an lámh eile. 'Teannaimis', a dúirt a Mam, greim daingean ar lámha na beirte.

Bheadh an chaint faoi bhaol agus riosca ar lá eile. Agus iad ag canadh le chéile, mhothaigh sí lámh chabhrach a deirfiúr fós ar a droim ar an taobh eile den domhan. Ard sa spéir shruth eitleán scaird eireaball bán fada.

Scéalta Eile – Irish Short Stories with Translations, a Review

Julie Breathnach-Banwait, published in *Tinteán Magazine*

Hot on the heels of Dymphna Lonergan's first short story collection *As Gaeilge*, released in 2022, comes her latest release *Scéalta Eile – Irish Short Stories with Translations* (Immortalise, 2023). She is following suit with many other Irish language writers who seem to be more and more releasing bilingual books of Irish and English, these being a very helpful resource for the language learner and those of us who shift between these two languages regularly and enjoy them both. *Scéalta Eile – Irish Short Stories with Translations*, continues on with the same gentle stories that Lonergan seems to write so effectively. The structure, size and design of the book is similar to her first collection '*As Gaeilge – Irish Short Stories with Translations* which is also published by Immortalise. The book has some serene black-and-white photographs placed between the stories, which adds to its presentation and serves as pause and reflection after each story.

Lonergan needs little introduction. Her reputation as a lover of the Irish language and linguistics is evident in her professional background of over thirty years as an academic. She has authored several books on the Irish language, published over the years, here in Australia. She has, over the course of her career, also researched the Irish language influence on Australian English, contributing to the lexicological discussion about English words of Irish derivations in the Macquarie and Oxford English dictionaries.

Her latest collection, aptly named *Scéalta Eile* (Other Stories) con-

sists of five short stories centred around the familiar themes of love and the value of family and relationships, presented neatly side by side in both languages. The first story, 'His First Rodeo' (A Chéad Róidió), is short and sweet and centres around a missed moment when a recorded incident was not presented as expected, leading to a disappointment and a reflection on the bigger picture of life. This story is light-hearted and humorous and makes for easy reading.

Following on from this gentle introduction is the second story, 'The Forest' (An Fhoraois). In this story, Lonergan explores the redefining of roles, and the shuffling that takes place during the early stages of retirement. Re-adjusting to the presence of others in one's life, for example, when one was independent before, filling one's time with jobs that may have been put on hold but seem to still be sitting undone, and shifting personal identities are all included in the first few pages.

By chance, a surprise and rather unexpected inheritance completely changes the route of this story, followed by a tragic punch in the ending that no reader could see coming. This story has many elements, the gentle adjustment of marital role for retirement, the excitement and prospect of a new life including light-hearted references to the great Australian establishment that is 'Bunnings', and finally rerouting, as the inheritance brings us on an entirely different trajectory, with an ending that doubles as a hefty punch that reawakens us from the one anticipated.

As with most of Lonergan's stories, the family is the centre, and her rerouting this story back to the family at the end is not surprising, ending it with 'taking care of your own garden' which is apt here considering the importance she places on the family unit in her writing. Once recovered from the ending of The Forest, this scribe endeavors to proceed with caution for any more surprises

of that nature! We are lulled into the next story with a little more vigilance.

But it turns out the shield of alertness is not required. The next story is equally gentle and sad, nevertheless, it intrigues. The main character in 'The Hairdresser's Story' (Scéal an Ghruagaire) is presented as a listener, someone who shares little of his own life but has an interesting and intriguing tale to tell of the tragic character of Eamonn na gCloch, that he seems to have held close to his heart for a very long time. Someone who encourages others to talk and provides for them a sounding board. We learn as we proceed that he carries his own weights. There is a tragedy to this story, of love lost and of secrets carried. I wondered why the hairdresser carried the story for so long? I was saddened that Eamonn became disillusioned and why. I was saddened that the shop was no longer there when the author returned. Lonergan's attention to detail when presenting a scene is evident here as she paints a picture of the pausing listening hairdresser, one that seemed to be very much in tune with his customers,

'sometimes with his comb and scissors in the air listening to them.'

It seemed his role was much more elaborate than that of cutting hair, but rather he served as someone who was very valued in the community, with the customers rushing to support him as he reminisced about his connection with Eamonn na gCloch. We see this again when,

'the women all jumped up and ran to him. One of them took out a chair and the hairdresser sat in it. The girl came out of the kitchen with a glass of water and put it in her hands. Then I saw the woman who had brought the story of Eamonn of the Stones into the shop on her knees in front of the hairdresser.'

It seemed this support was reciprocated by the community.

We are taken on a further journey of reminiscence in the story 'In Search of Snow' (Ar Thóir Shneachta) back and forth between Ireland and Australia and partly, the US. Lonergan presents the immigrant experience here again, as she has done so many times in her first bilingual book. The experience of being torn between two countries, not being fully in either but somehow forming an in-between identity as you shift between both. Being familiar with this experience, I enjoyed the references to places in Ireland and how the main character's connection to Ireland is still evident as she reflects on the changes experienced in her hometown since she had left.

The last story in this enjoyable collection is the longest. Unsurprisingly and remaining with the theme of love, it is called 'In Search of Love' (Ar thóir an Ghrá)' and is centred around a young woman who is attempting to engage with a new and modern dating scene but ultimately finding love closer than she thought.

Scothscéalta by Pádraig Ó Conaire came to mind as I read these stories, with the variety of settings but the themes staying firm throughout, those being of family, love and connection as well as the immigrant experience. Some tragic and some heroic, but all human and flawed. Lonergan presents real characters with real-life stories drawing her readers in to empathise. One can sway through a variety of emotions whilst reading them. Even though they are short, they feel complete as she wraps them up tidily leaving the reader needing to know more about the characters. There is a great variety in these stories and I enjoyed where each took me, mostly to places I had not anticipated.

An old Irish saying comes to mind when reading these stories, 'An rud is gaire don chroí, is éa an rud is gaire don bhéal.' What is closest to the heart, is what is closest to the mouth. Thus what we feel is of importance to us, is what we speak about the most. This is clearly evident in both of Lonergan's short story collections. I thoroughly enjoyed *Scéalta Eile- Irish Short Stories with Translations*' and look forward to Lonergan's next collection.

Julie Breathnach-Banwait is a psychologist, poet, and prose writer from Ceantar na n-Oileán in Conamara, now living in Australia. She says of Irish, 'The language owns me. It has made me who I am. It cannot be pulled from me or me from it. We are stitched and woven together on the complex tapestry of the mind.'

Following:
a short excerpt from
As Gaeilge
Irish short stories with English translations

by Dymphna Lonergan

The Lillipilly Tree

'The Lillipilly berries are falling on my new SUV', said the next-door neighbour. No 'Hello', or 'How are you,' or even 'G'day'. But she was not in Ireland now. She was in Australia, South Australia. And she has been here for over forty years.

She followed the finger pointing at the huge tree in the garden and then towards the car in the driveway on the right. She saw the little red berries scattered around on the ground. 'That's called a 'Ute', she said to herself looking at the car. A new Australian English word she heard forty years ago. 'And don't forget 'schooner' and 'midi', said her husband from the grave. She smiled to herself remembering him.

A strange look came over the next-door neighbour's face, and she came back to herself and listened intently to him. 'Oh, I see the problem', she said. 'These berries are present for a short time throughout the year, but they don't bother me'. 'Well, they bother me when they fall on my new car'. The tone startled her. She stiffened.

She looked from the tree to the SUV and then to the anxious face. He was still young. Maybe in his thirties. The same age she was when she came to Australia with a husband and toddler who was now married with his own family. But the next-door neighbour was separated from his wife and child, living alone, taking care of himself and the new SUV. The Australian accent broke in on her again talking about the cost of cutting back the branches 'Okay', she said. 'Do that'. And she closed the door slowly.

Walking through the living room, she glanced at photographs from her childhood days that were on top of the piano. Some with

An Crann Lillipilly

'The Lillipilly berries are falling on my new SUV', a dúirt an chomharsa bhéal dorais. Gan aon 'Dia dhuit', nó 'Conas atá tú,' nó fiú amháin 'G'day'. Ach ní raibh sí in Éirinn anois. Bhí sí san Astráil, san Astráil Theas. Agus bhí sí anseo le breis agus daichead bliain.

Lean sí an mhéar a bhí ag díriú ar an gcrann ollmhór sa gairdín agus ansin i dtreo an chairr sa chabhsa ar dheis. Chonaic sí na sméara beaga dearga scaipthe timpeall ar an talamh. 'Tugtar 'ute' air sin,' a dúirt sí léi féin ag féachaint ar an gcarr. Focal nua i mBéarla na hAstráile a chuala sí daichead bliain ó shin. 'Agus ná déan dearmad ar 'schooner' agus 'midi',' a dúirt a fear céile ón uaigh. Rinne sí miongháire léi féin ag cuimhneamh air.

Tháinig cuma aisteach ar aghaidh an chomharsa bhéal dorais, agus tháinig sí chuici féin agus chuir cluas uirthi féin. 'Ó feicim an fhadhb,' a dúirt sí. 'Bíonn na sméara sin ann ar feadh tamall beag i rith na bliana, ach ní chuireann siad isteach orm'. 'Bhuel, cuireann siad isteach ormsa nuair a thiteann siad ar mo charr nua'. Bhain an tuin sin preab aisti. Sheas sí ann go righin.

D'fhéach sí ón gcrann go dtí an SUV agus ansin ar an aghaidh imníoch. Bhí sé óg fós. B'fhéidir ina thríochaidí. An aois chéanna a bhí aici nuair a tháinig sí chun na hAstráile le fear céile agus lapadán a bhí pósta anois agus a chlann féin aige. Ach bhí an chomharsa bhéal dorais scartha óna bhean céile agus a pháiste, ina chónaí ina aonar, ag tabhairt aire dó féin agus don SUV nua. Bhris an blas Astrálach isteach uirthi arís ag caint faoin gcostas a bhain leis na craobhacha a ghearradh siar. 'Ceart go leor', a dúirt sí. 'Déan é sin'. Agus dhún sí an doras go mall.

Ag siúl tríd an seomra suí, stad sí chun breathnú ar ghriang-hraif a hóige a bhí ar bharr an phianó. Cuid acu lena deirfiúracha

her sisters and brothers, and some while alone, at school, in the garden, on the day of her First Communion. A white dress and a white veil and a pair of white shoes. She remembered that morning.

Two pairs of shoes, one white and one black patent. She loved the shiny black pair. 'You can wear whatever you like', said her Mum. Although she preferred the shiny black pair, she chose the white pair because she knew it was right. She knew it was not right to wear the black and white colours together on that day. Then she remembered the pair of red shiny boots she had bought with her first paycheck after leaving school. She wore them with a shiny white coat. The red and the white.

In the kitchen, she made herself a cup of tea and took it into the living room, and sat on the couch in front of the window. She looked out again at the red berries under the tree. Cute little balls among the white stones. She loved the white stones glistening in the sunlight all over the garden. That sight reminded her of the snow during her childhood. Footprints of the milkman who came early in the morning. Footprints of birds. Her own footprints and the snow crackling under her. Black and white. The simple life of the child. Unaware of the horrors to come.

The white and the red. The blood on the snow when she saw a road accident for the first time. She among a crowd on the other side of the road where a young boy was stretched out on the ground. A thick red stream flowing out of his head...

agus lena deartháireacha, agus cuid eile agus í ina haonar, sa scoil, sa ghairdín, lá a Chéad Choimaoineach. Gúna bán agus caille bán agus péire bróg bán. Ba chuimhin léi an mhaidin sin.

Dhá phéire bróg, ceann bán agus ceann dubh paitinne. Ba bhreá léi an péire lonrach dubh. 'Is féidir leat cibé rud is fearr leat a chaitheamh', a dúirt a Mam. Cé gurbh fhearr léi an péire lonrach dubh, roghnaigh sí an péire bán mar bhí a fhios aici go raibh sé sin ceart. Bhí a fhios aici nach raibh sé ceart na dathanna dubh agus bán a chaitheamh le chéile an lá sin. Ansin chuimhnigh sí ar na buataisí lonracha dearga a cheannaigh sí lena céad phá tar éis na scoile a fhágáil. Chaith sí iad le cóta bán lonrach. An dearg agus an bán.

Sa chistin, rinne sí cupán tae di féin agus thóg sí isteach sa seomra suite é, agus shuigh sí ar an tolg os comhair na fuinne-oige. D'fhéach sí amach arís ar na sméara dearga ar an talamh faoin gcrann. Liathróidí beaga gleoite i measc na gcloch bán. Ba bhreá léi na clocha bána ag glioscarnach i solas na gréine ar fud an ghairdín ar fad. Chuir an radharc sin i gcuimhne di an sneachta le linn a hóige. Lorg coise an fhir bhainne a thagadh go moch ar maidin. Lorg coise na n-éan. A lorg coise féin agus an sneachta ag cnagarnach fúithi. Dubh agus bán. Saol simplí linbh. Aineolach ar na huafáis a bhí le teacht.

An bán agus an dearg. An fhuil ar an sneachta nuair a chonaic sí timpiste bhóthair don chéad uair. Í i measc dreama ar an taobh eile den bhóthar mar a raibh buachaill óg sínte ar an talamh. Sruth tiubh dearg ag sileadh óna cheann...

Following:
a short excerpt from
SCÉALTA EILE

Irish short stories with English translations

by Dymphna Lonergan

87

His First Rodeo

A large hat was plonked on his head, and a glove shoved on one hand, as an old man took a step forward, 'Is this your first rodeo?'

'Yes and no', he replied with a laugh. 'Don't be stupid', said the man in a low rough voice. 'I am going to give you the most important advice about the rodeo now. Hold the strap loose and when you fall off the bull after a second, and you won't last any longer than that, open your hand.' He turned on his heels and walked out of sight, like John Wayne at the end of *The Searchers*.

He walked the Wayne walk to the railings and stood there waiting his turn. He pushed back the too big hat and straightened his shoulders. Yes, he was finally a cowboy. Not in the United States, of course. But the light of South Australia was as bright as the light beyond in the land of the cowboys. And there was freedom in this country as he had imagined there would be when he decided to leave his native country.

He began humming cowboy songs: 'Don't Fence Me In' and 'Rawhide'. He felt his pulse race and anxiety rising. He was sweating under the hat, and the sweat was dripping into his eyes. He pushed the hat back and wiped his forehead with the back of his gloved hand. The glove came off, but he caught it in time before it fell on the ground.

He looked around to see if anyone had seen the mishap.

He was angry that he had not thought to bring his own hat and gloves. But he didn't know when they left the house that morning that he would be taking part in a rodeo. He knew nothing about rodeos outside of the movies. He was only pretending to be a cowboy. Like everything else in his life. He was always pretending to be someone else. Yes, he was a right chancer, but today was

A Chéad Róidió

Cuireadh hata mór ar a cheann, agus lámhainn ar a lámh chlé, agus thóg fear aosta céim ar aghaidh, 'An é seo do chéad róidió?'

'Sea agus ní hea', a d'fhreagair sé le gáire. 'Ná bí amaideach', arsa an fear i nguth íseal garbh. 'Táim chun an chomhairle is tábhachtaí faoin róidió a thabhairt duit anois. Coimeád an strapa go scaoilte agus nuair a thiteann tú den tarbh tar éis soicind, agus ní fhanfaidh tú níos faide ná sin, oscail do lámh.' Chas an fear ar a shála, agus d'imigh sé as radharc, leis an siúl céanna a bhí ag John Wayne ag deireadh an scannán *The Searchers*.

Shiúl sé leis an siúl sin go dtí na ráillí agus sheas sé ann ag fanacht a sheal. Bhrúigh sé siar an hata rómhór agus dhírigh a ghuaillí. Sea, bhí sé ina bhuachaill bó faoi dheireadh. Ní sna Stáit Aontaithe, ar ndóigh. Ach bhí solas na hAstráile Theas chomh gheal leis an solas thall i dtír na buachaillí bó. Agus bhí saoirse sa tír seo mar a shamhlaigh sé a bheadh ann nuair a chinn sé dul ar imirce óna thír dhúchais.

Thosaigh sé ag crónán na hamhráin a bhaineann le saol na buachaillí bó: 'Don't Fence Me In' agus 'Rawhide'. Mhothaigh sé a chuisle ag rás agus an imní ag éirí. Bhí sé ag cur allais faoin hata agus bhí an t-allas ag sruth isteach ina shúile. Bhrúigh sé an hata siar arís agus chuimil sé a éadain le cúl an lámhainn. Tháinig an lámhainn de, ach rug sé uirthi sular thit sí ar an talamh.

D'fhéach sé timpeall féachaint an raibh an míthapa feicthe ag éinne

Bhí fearg air nár smaoinigh sé ar a lámhainní agus a hata féin. Ach ní raibh a fhios aige nuair a d'fhág siad an teach ar maidin go raibh sé chun bheith páirteach i róidió. Ní raibh sé eolach ar róidiónna seachas sna scannáin. Ní raibh sé ach ag cur i gcéill gur buachaill bó é. Mar an chuid eile lena shaol. Bhí sé i gcónaí ag ligean air gur duine éigin eile é. Sea, caimiléir ceart é, ach inniu bhí

serious. This was the greatest challenge in his life. He was on his own facing the world.

He looked up under his hat and saw his wife waving her hand and smiling. She pointed down to the camera in her other hand. He straightened his back. Yes, he had married the right woman. A young woman who was happy to emigrate from Ireland with him. He had tried to do so twice before when he left for London, but he came back to Waterford every time because of the loneliness. He thought then that he was a coward who failed to stand up for himself. That he was still hiding behind his mother's skirts.

His wife was a Dubliner, with more confidence than he had to go overseas. She was at his side all the time, and now she was ready to take a photo of the most important thing in his life. The day he was on a bull's back at a rodeo, riding proudly into the arena, the crowd shouting, and the exhausted bull at the end. He would be able to see the photo instantly with this camera they had bought on the ship from Southampton a few months ago. He would be able to send a copy to his mother in Ireland. She would be proud of him, no doubt.

He started to hum 'Buttons and Bows' and felt his confidence rising. That cheery melody, the rhyme and rhythm coming from the radio when he was a child. He and his mother singing along. Later came the cowboy movies. The best of them Roy Rogers, 'king of the cowboys', and his horse Trigger. Trigger doing tricks in every movie, and Roy Rogers singing, and the white hat he never lost...

sé i ndáiríre. Ba é seo an dúshlán is mó ina shaol aige. Bhí sé ina aonar os comhair an domhain.

D'fhéach sé suas faoina hata agus chonaic sé a bhean chéile ag croitheadh a lámh agus meangadh ar a haghaidh. Dhírigh sí a méar síos go dtí an cheamara ina lámh eile. Dhírigh seisann a dhroim ansin. Sea, bhí an bhean cheart pósta aige. Bean óg a bhí sásta dul ar imirce as Éirinn leis. Rinne sé iarracht é sin a dhéanamh faoi dhó roimhe sin nuair a d'imigh sé go Londain, ach tháinig sé ar ais go Port Láirge gach uair mar gheall ar an uaigneas. Shíl sé ansin gur cladhaire é nár éirigh leis an bhfód a sheasamh. Go raibh sé fós i bhfolach taobh thiar de sciortaí a mháthar.

Baile Átha Cliathach a bhí ina bhean chéile, le níos mó muiníne aici ná aigeasan chun dul thar sáile. Bhí sí lena thaobh an t-am ar fad, agus anois bhí sí réidh chun grianghraif a ghlacadh den rud ba thábhachtaí dó ina shaol. An lá ina raibh sé ar dhroim tarbh ag róidió, ag marcaíocht go bródúil ag teacht isteach san airéine, an slua ag béicíl, agus an tarbh traochta ag an deireadh. Bheadh sé in ann an grianghraf a fheiceáil ar an bpointe leis an gceamara seo a cheannaigh siad ar an long ó Southhampton cúpla mí ó shin. Bheadh sé in ann cóip a sheoladh chuig a mháthair in Éirinn. Bheadh sí bródúil as, gan dabht.

Thosaigh sé ag crónán 'Buttons and Bows', agus mhothaigh sé a mhuinín ag éirí. An fonn gealgháireach sin, an rann agus rithim ag teacht ón raidió nuair a bhí sé ina leanbh. É féin agus a mháthair ag canadh d'aon ghuth. Níos déanaí bhí na scannáin leis na buachaillí bó. An duine ab fhearr acu ná, Roy Rogers, 'rí na buachaillí bó', agus a chapall Trigger. Bhí Trigger ag déanamh cleasa i ngach scannán agus Roy Rogers ag canadh, agus an hata bán nár chaill sé riamh...

www.ingramcontent.com/pod-product-compliance
Lightning Source LLC
Chambersburg PA
CBHW070507170726
48291CB00008B/2690